魔性のバイオレット

JN044538

門 英明

目次

魔性のバイオレット

夢と現実は本来、区別できるものではない。

今日は、ジャクソンの引っ越しの日である。

朝の八時に、引っ越し業者が来て、転居先のワンルームマンションへ荷物を運んだ。

マンションの外壁は、淡いピンク。

住人の多くは独身女性で、彼の部屋は、五階建てマンション三階の五号室である。

昼前には荷物が部屋に収まり、近所のファミレスで昼食を済ませて、自分の部屋に戻ろうとすると、隣室四号室の美しい住人が、廊下へ出てきた。

「今日、引っ越してきましたジャクソンです」

「バイオレットです」

「よろしくお願いします」

「お荷物は、片付きました？」

「あらかた、片付きました」

「でしたら、私の部屋で、コーヒーでも如何です？」

「ご馳走になります」

――二人は、ベッド脇にある丸テーブルを挟んで、向かい合った。

「お仕事は？」と、バイオレットが尋ねた。

「コンピューターのエンジニアです」

「私の仕事、お分かりになります？」

「分かりません」

「口外しないでいただきたいのですが、――娼婦をしています」

「何ですって！」

思わず、大声を出してしまった。

「ごめんなさい。冗談です」

「でしょうね。でも僕は職業に対して偏見を持っていませんから、たとえあなたが本当に娼婦であっても、気にしません」

「転勤で、こちらに？」

「えーと、どうだったか……」

するとバイオレットは、ジャクソンの顔を覗き込んだ。

「失礼ですけれど、ジャクソンさんは今、夢の中？」

「どうして、そのようなご質問を？」

「お許しください」

「僕が夢の中にいるように見えます？」

「はい」

「これまで住んでいたマンションの住人にも、同じことを言われたことがあります」

「問題を起こしたのですね？」

「隣の部屋の女性がある日、失踪したのです」

「それで？」

「マンションの管理人にそれを説明すると、『あなたは頭をやられている』と言われました」と、ジャクソンは正直に話した。

「それが、このマンションに引っ越してきた理由？」

「はい」

「ひどいことを言う管理人ですね」

「本当に、そう思われます？」

「私は、あなたの理解者でありたいと思います」

「感謝します。――まだ荷物の整理が少し残っていますので、今日はこれで失礼します」

「また、話し相手になっていただけます？」

「いつでも、喜んで」


――この日を契機に、ジャクソンは、毎日、彼女の部屋へ、足を運ぶようになった。

一方のバイオレットは、そんな彼を、夕食を作って持て成した。

ある日青年は、こんな質問をした。

「どうして僕に、親切になさるのです？」

「今を精一杯、生きているだけです。――私には、過去も未来もありませんから」

ジャクソンは、彼女の言葉に、気が遠くなった。

「どういう意味です？」

「過去も未来も、アリバイにしか過ぎないということです」

哲学を苦手とするジャクソンは、当惑した。

「あなたの、僕に対する印象は？」

「唐突に、どうなさいました？」

「すみません」

「よければ今晩、泊まっていってください」

「それが、僕の質問に対するご返答?」

「はい」

「光栄に思います。――それでは、お言葉に甘えて」

「快楽は、記憶には刻まれますが、思い出には、なりませんから」

――十分後。

脱衣場で、二人は全裸になり、向かい合った。

「お美しいですね」

ジャクソンは、素直に感想を言葉にした。

「あまり見ないでください」

「女性の体は、男に見られるためにあるのです」

「正鵠を射たお言葉です」

ジャクソンは、キスをしながら、右手でブレストを愛撫した。

「ニップルが、勃起していますよ」

「敏感なのです」

「よく触っているのでは？」

「はい。毎日」

「毎日？」

「ジャクソンさんも、毎日、性器を触っているでしょう？」

「触らない日は、ありません」

「どこで？」

「色々なところで」

「例えば？」

「トイレや浴室や寝床で。――バイオレットさんは？」

「ブレストは、主にテレビを見ながら」

ジャクソンは、左手を股間に滑らせた。

「クリトリスも立っていますね」

「そこも毎日、触っていますから。――体を洗ってくださいます？」

「喜んで」

――浴室の洗い場。

バイオレットが、自ら仰向けになった。

「お願いします」

ジャクソンは、肩から胸へと、石鹸がついた手のひらを滑らせた。

「気持ちいいでしょう?」

「とっても、気持ちいいです」

「感度が、素晴らしいですね」

「性欲が、人一倍強いので」

「毎日、触っていると、その部位の性感帯が、自然と発達します」

「ご自分の体験に基づいての、ご意見?」

「否定しません」

――十分が経過した。

「仰向けのまま、両膝を抱えてください」

バイオレットは、言われた通りにした。

「これでよろしい?」

「股間の愛撫を始めます」

青年は、左手で右の乳房を愛撫しながら、右手で、股間の愛撫を始めた。

「なんて気持ちいいのかしら」

「クリトリスは、いつも、どのようにして愛撫を？」

「二本の指で挟んで、まわしています」

そのようにした。

「堪らない快感です」

「ヴァギナに、指を入れてもよろしい？」

「お願いします」

ジャクソンは、指を挿入した。

「ああ、――ピストン運動を！」

「了解です」

ゆっくりピストン運動を始め、十数分が経った。

「俯せに、なってください」

バイオレットは、素直に俯せになった。

「背中と両脚を、洗います」

両手が、背中と両脚を、さまよった。

「とっても、幸せです」

「アナルに、指を入れますよ」

「お任せします」

青年は、石鹸のついた中指を、挿入した。

「いい気持ちです」

「ピストン運動を、始めますね」

「痛くないように、お願いします」

ピストン運動を、始めた。

「痛くありません？」

「気持ちいいです。続けてください」

——挿入後、五分が経過。

「今度は、ヴァギナに、ペニスを入れていただけます？」

「それでは、立ち上がって、バスタブの縁に、両手をついてください」

バイオレットは、指示に従った。

「これで、よろしい？」

「もう少し、脚を広げてください」

両脚を、大胆に広げた。

「バックで、挿入なさるの？」

「気が進みません？」

「いいえ、バックは、大好きです」

「では、入れますよ」

　ペニスを、ゆっくり挿入した。

「とっても、気持ちいいです」

「深く入れましたから、全身が快感に包まれますよ」

「ポルチオ性感帯が、刺激されているのを感じます」

「Ｐスポットはある意味、Ｇスポットよりも感じる性感帯ですから」

「堪らない快感！」

「幸せですか？」

「幸福の滝に打たれているようです」

「ピストン運動を、開始します」

　ジャクソンは、腰を動かし始めた。

「如何です？」

「これ以上の快感を、経験したことがありません」

「男冥利に尽きます」

「私、娼婦みたいでしょう？」

彼女は、無邪気に笑った。

「みたいではなく、本当は、娼婦なのでは？」

「それがお望みなら、娼婦ということで構いません」

「本当の職業を、教えてください」

「秘密にしておきたいと思います」

「どうしてです？」

「男と女は、おおむね妄想でむすびついていますから」

「妄想？」

「秘密は、妄想を掻き立てます」

「なるほど」

「まだ、お歳をお聞きしていませんね？」

「二十五歳です」

「二十八歳です」

「僕より三つ上なのですね」

「年上の女は、如何です？」

「申し分ありません」

「これまで交際した男性は、皆、年下ばかりでした」

「年下が好み？」

「偶々です。現に私、今、ジャクソンさんのお歳を知ったばかりですよ」と、バイオレットは無邪気に微笑んだ。

「確かにそうですね」

「ああ、イキそうです！」

「ゴールしてください」

「ジャクソンさんも、もうすぐ？」

「時間の問題です」

「継続したお付き合いをしましょう」

「異議なしです」

「ああ、もう……、イ、イッ、イク！」

——二人は同時に、至福の丘を駆け上がった。

——そうして半年が過ぎた頃、異変が起きた。

バイオレットの部屋のチャイムを鳴らしても、姿を現さないのである。

一階の管理人室に向かった。

「三階四号室は、バイオレットさんの部屋ですね。チャイムの音に反応しないということは、きっと居留守を使っているのだと思いますよ」

「居留守ですって！」

「はい」

「どうしてですか？」

「しつこい男に迫られて、困っているのかもしれません」

「そんな男がいるとは、聞いていませんが……」

「あなたが、聞いていないだけでは？」

「鍵を開けて、中を確かめていただけません？」

「何のために？」

「病気で倒れている可能性もあります」

「失礼ですが、あなたは、バイオレットさんの何なのです？」

「隣に住んでいる者としか、言いようがありません」

「交際なさっている？」

「はい」

「どのような交際です？」

管理人は、踏み込んだ質問を浴びせた。

「……」

「痴情の果てに、こういうことはよくあることです」

「僕たちは、落ち着いた交際をしていました」

「皆さん、そうおっしゃいます」

「嘘は、言っていません」

「開けられませんね。ジャクソンさんがバイオレットさんのご家族の方でしたら、話は別ですが」と、管理人はかたくなに拒んだ。

「家族になる予定でした」

「実は、先日バイオレットさんがお見えになって、しつこく交際を迫ってくる男性がいて困っているという話を、していました」

「その男の名前を、言いました？」

「さすがにそれは、おっしゃいませんでした」

「その男は、僕ではありません」

「証明できます？」

「それは、できません」

その日を境にジャクソンは、マンションに居辛くなり、翌月に引っ越した。


——一年後のその日。

ジャクソンは、職場の同僚四人と、合コンに出席した。

相手は、地方公務員女子、四人である。

その中に、バイオレットとそっくりの娘がいた。

その娘に話しかけた。

「お名前は、メージーさんで、間違いありません？」

「はい」

「役所には、いつからお勤めです？」

「実は私、市役所などには、勤めてはおりませんの」

「勤めていない？」

「はい」

「では、どこにお勤めを？」

「当ててみてください」

「分かりません」

「驚かないでください。――私は、娼婦です」

その場にいた男性全員が、凍りついたが、すぐに彼女は、これを撤回した。

「ごめんなさい。――娼婦というのは、嘘、でーす」

――ジャクソンは、その女と、付き合うことになった。

二度目のデートの時、こんな会話をした。

「君は、僕が以前付き合っていた人と、そっくりだ。――本当に、メージーなの?」

「嘘をつく必要なんて、ないでしょう」

「確かにそれはそうだね」と、ジャクソンは答えたが、納得はしていなかった。「今から僕の部屋に来ないか?」

「まさか、セックスをして、確かめる気?」

「違う、違うよ。純粋に君を求めている」

「本当?」

「本当だよ」

「それなら行きましょう」

部屋に入るとすぐに、二人は唇を合わせた。

メージーとの、初めての口づけだった。

「バックは、好き？」

「大好きよ」

その体位は、バイオレットが最も好きなポジションである。

——二人は、結ばれた。


——関係をもって、一年後。

ジャクソンとメージーは、結婚して、一戸建ての家に暮らし始めた。

ある日メージーが、こんなことを尋ねた。

「私と結婚したことを、後悔していない？」

「する訳が、ないだろう」

その言葉に、嘘はない。

——自分は『バイオレット』と結婚したのだ。

「私たち、幸せになりましょうね」

「もう幸せになっているじゃないか」

ジャクソンは、素直に、自分の気持ちを言った。

――半年が過ぎた。

ある夜のこと――。

ジャクソンは、同僚と飲んだ帰りに、ホテル街で、妻によく似た女を見かけた。

声をかけようと思ったが、その勇気がない。

女は、恰幅のいい年配の男と腕を組み、談笑しながら歩いている。

あとをつけると、やがて二人は、小さなホテルの中へ姿を消した。

ジャクソンの足は、急に、早足になった。

目指す方向は、以前住んでいた、淡いピンク色のマンションである。

建物の中に入ると、エレベーターに乗り、三階で降り、失踪して姿を消したバイオレットの部屋――四号室に向かって、足を進めた。

――ホテル街で見かけた女は、断じて妻ではなく、バイオレットに違いない。

――部屋のチャイムを鳴らすと、バイオレットが姿を現した。

マチルダの恋人

夜の遊歩道を歩いていると、近くのケヤキ公園から、女の悲鳴が聞こえた。

ごつい二人組の男が、若い女からショルダーバッグを、引っ手繰ろうとしている。

知らぬ振りは、できなかった。

「おい、貴様ら、何している！」

ジョセフは、近づきながら、大声を上げた。

「なんだ、お前。怪我をしないうちに、早く消えろ！」

左の頬に、大きな傷跡のある男が、言い返した。

「それは、こっちの台詞だ」

二人は、ジョセフに殴りかかってきたが、彼は、わずか五秒で、二人を気絶させた。

「お怪我は、ありません？」

体を震わせている女に、ジョセフは尋ねた。

「大丈夫です」

「家まで、お送りします」

「ありがとうございます」

「行きましょう」

二人は、月夜の遊歩道を、西に進んだ。

「助かりました」

「一年前まで、プロの格闘家をしていましたから」

「もう引退されましたの？」

「膝を痛めまして」

「それで、現在は？」

「後進の指導に、携わっています」

「強盗たち、追いかけて来ないかしら」

「右足首の骨を、折っておきました」

「お名前は？」

「ジョセフです」

「マチルダと言います」

八階建てのマンションの前に、到着した。

「ここです」

「それでは僕は、失礼します」

「助けてくださったお礼に、コーヒーを淹れますので、お寄りください」

「体を動かして、喉が渇きました。――遠慮なく、ご馳走になります」

「身長は、何センチです？」

「二百センチです」

「体重は？」

「百三十キロです」

「頼もしい体格ですね」

「怖くありません？」

「全然、怖くないです」

五階の五号室が、彼女の部屋だった。

部屋の間取りは、１ＬＤＫ。

ジョセフは、居間の三人掛けソファーに座った。

「お歳は？」

「三十です」

「私、幾つに見えます？」

「十五歳に見えます」

「それは、お世辞にもなっていませんよ」

「失礼しました。――二十五歳だと思います」

「当たりました」

「名誉挽回が図れて、ほっとしました」

マチルダが笑顔を浮かべながら、センターテーブルの上に、コーヒーを置いた。

「私の仕事、何だか分かります？」

「接客業では？」

「どうして、そう思われました？」

「明るくて、清潔感があります」

「スイーツ店の店員をしています」

「また、当たりましたね」

半時間が過ぎたころ、ジョセフは、立ち上がった。

「もうお帰りに？」

「はい。――ご馳走さまでした」

「また、遊びに来てください」

「今度は、僕の自宅にお越しください」

「この近く?」

「驚かないでください。このマンションの、最上階が自宅です」

「驚きました。どうして、おっしゃらなかったのです?」

「お話をして、楽しければ、言うつもりでいました」

「楽しかったということですね」

「その通りです」

「私も、楽しく感じました」

「お仕事は、いつお休みです?」

「水曜です」

「明日ですね。――夕食をご一緒に、如何です?」

「ジョセフさんが、夕食の支度を?」

「はい。鍋を考えています」

「何号室ですか?」

「二号室です。――七時にインターホンを鳴らしてください」

「分かりました」

――翌日の七時に、マチルダがインターホンを鳴らした。

「最上階は、広いですね」

「部屋の間取りは３ＬＤＫ、リビングは三十畳の広さです」

食卓で、鍋を二人で、食べ始めた。

「味加減は、如何です？」

「とても美味しいです。塩味ですね」

「塩ちゃんこが好きで」

「私も鍋は、塩味が好きです」

「失礼ですが、恋人はいらっしゃいます？」

「現在は、いません」

「いつお別れに？」

「二か月ほど前に」

「喧嘩別れ？」

「いいえ、自然消滅でした」

「長くお付き合いを？」

「三年でした」

「僕も、現在は、いません」

「最後の恋は、どのように終わりました？」

「彼女が浮気をして終わりました」

「未練はありません？」

「まったくありません」

——一時間後の八時に、食事が終わった。

「ご馳走さまでした」

「これから、何か予定があります？」

「いいえ、特にはありません」

「でしたら、泊まっていってください」

「よろしいの？」

「一つだけ、確かめさせてください」

「どうぞ」

「僕は、遊びの対象ですか？」

「いいえ」

「信じてもいいのですね」

「信じてください」

——二人は、シャワーのあと、浴槽の湯の中で、カブースになった。

「如何です？」

「とても、気持ちいいです」

「クリトリスを愛撫しますね」

「やさしく、お願いします」

愛撫を始めた。

「幸せ？」

「幸福の滝に打たれているようです」

「ところで——」

「何です？」

「四日後の日曜の夜は、空いています？」

「空いています」

「僕の両親が、来ることになっています」

「御用で?」

「いいえ、毎週日曜日に、僕の顔を見に来るのです」

「仲がいいのですね」

「マチルダさんも、来てください」

「ご両親、びっくりなさるのでは?」

「恋人として、あなたを紹介したいのです」

「嬉しいです」

「ベッドに行きましょう」

——半時間後に二人は、燃え尽きた。


日曜の夕方、四人が一緒に、食事を始めた。

「マチルダさん、明るくて可愛いわね」

母親のスペースが、笑顔を浮かべながら言った。

「可愛くなんかありません」

「ジョセフ、いいお嬢さんを見つけたな」

父親のタイムも、上機嫌だった。

「どこで、知り合ったの？」

スペースが、身を乗り出して尋ねた。

出会った経緯を、マチルダが答えた。

「ジョセフ、でかしたぞ。格闘をやっていてよかったな」

タイムは、マチルダの説明に笑顔を浮かべ、続けた。

「この子は、学生の頃から、とても正義感の強い、やさしい子でした。苛められている子を見つけると、知らない振りをせずに、苛めている子を成敗しました」

スペースが、尋ねた。

「二人は将来、結婚をするつもり？」

「僕は、そのつもりだよ」

「アチルダさんは？」

「私も、同感です」

「二人は、お似合いのカップルだと思う。——ねえ、あなた」

「お前の言う通り、お似合いだ」

——半年後にマチルダとジョセフは、ハネムーンに旅立った。

最高の思い出

高校が夏休みのある日、僕は、級友であるタイムの家のインターホンを鳴らした。

すると、姉らしき若い女の声で、応答があった。

「タイム君と同じクラスの、トミーという者です」

「ちょっと待って」

十秒後に、玄関ドアが開いた。

「ごめんなさい。弟は今、いないのよ」

「分かりました」

「ついさっき、彼女から電話があって、出ていったの」

「近くに用があったので、寄っただけですから」

「折角だから、中に入って。——私は、姉のソヒア」

居間に通され、勧められた三人掛けソファーに座った。

「冷たい飲み物でも、飲んでいって」

ソヒアは、冷えたジュースが入ったグラスを、テーブルの上に置いて、僕の隣に座った。

「外は暑かったでしょう。アップルジュースよ」

「頂きます」

一気に飲み干すと、ソヒアが、二杯目のジュースを運んできた。

「何杯でも、お代わりしていいわよ」

「ありがとうございます」

「今日は平日だから、父は仕事だし、母は夕方まで、近所のジャズ喫茶。私一人で、寂しいな、と思っていたの」

「大学生でしょう?」

「うん。弟から聞いているのね」

「はい」

「今、文学部英文科の二年なの」

「恋人は?」

「募集中よ。——君は?」

「募集中です」

「年上の女を、どう思う?」

「素敵だと思います」

「どんなところが素敵?」

「包み込むようなやさしさが、素敵です」

「母性を感じるのね」

「そうなのかもしれません」

「男の人は、幾つになっても、母性を卒業できないみたい」

「女の人も同様に、父性を卒業できないのでは?」

「そうね。私の周りにも、年配の男性と付き合っている友人が、何人かいる。本人は気づいていないみたいだけど、きっと父性に惹かれているのだと思う」

「ソヒアさんは、どうです?」

「父性?」

「はい」

「今でもよく、父と一緒に、お風呂に入っているのよ」

「お父さんに、誘われて?」

「いいえ。私が誘って」

「お父さんは、どんな様子です？」

「目のやり場に、困っているわ」

「でしょうね」

「その様子が、可愛いの」

「お互いの体を、洗ったりします？」

「するわよ」

「どんな気持ちです？」

「いい気持ちよ」

「でも、親子ですから、それ以上のことは、しないでしょう？」

「それは、君の想像に任せるわ」

僕は、深入りするのをやめた。

「もう一杯、ジュースをいただけます？」

「半分残っている、私のジュースを飲んだら」

「……」

「飲んだら、間接キスね。――嫌？」

「喜んで」

「私のこと、どう思う？」

「魅力的です」

「母性を感じる？」

「はい、感じます」

「嬉しいわ」

「お母さんは、いつ頃、ジャズ喫茶から帰ってきます？」

「今二時だから、あと二時間は、帰ってこない。——どうして、そんなことを聞くの？」

「特に、深い意味は——」

「キスしたこと、ある？」

「いいえ」

「奥手ね」

「そうですか——」

「私は、中学の二年の時に済ませたわ」

「早かったのですね」

「普通よ」

「相手は？」

「一学年上のサッカー部の選手」

「場所は？」

「部室で」

「マネージャーをしていたのですね」

「そうよ」

「キスは、どうでした？」

「満足したわ」

「素晴らしい思い出になりましたね」

「君は、どう？」

「どうって？」

「思い出を、作る気はない？」

「ファーストキスの？」

「他に何があるの」

「ないですね」

「でも、相手が私では、素敵な思い出にならないかもね」

「なると思います」

「流れができたわね」

僕たちは、十数秒間、唇をかさねた。

「高校時代の、最高の思い出になりました」

「私の二十歳の思い出にもなったわ」

「もう一度、しません？」

「しない理由は、ないわね」

僕とソヒアは、激しく唇をうばいあった。

長い口づけのあと、僕は、勇気を出して、次のように尋ねた。

「セックスは、駄目ですね？」

「どうして聞くの？」

「気持ちを、確認したくて」

「二階の私の部屋に、行きましょう」

「はい」

ソヒアの部屋は、整理整頓されていた。

ベッドと学習机と本棚とテレビが、整然と収まっていた。

「裸を見せて」

僕が服を脱ぎ始めると、彼女も脱ぎ始めた。

「これで大切なところをきれいにして。私もきれいにするから」

ソヒアは、ボディー用のウェットティッシュを、僕に手渡した。

「さて、準備は終わったわ」

「どうすれば？」

「仰向けになって」

僕は、言われた通りに、仰向けになった。

「これで、よろしい？」

「うん、いいわよ」

ソヒアは、僕の体を跨いで、合体した。

「最高の思い出になりそうです」

「気持ちいいわ」

「将来の目標が、何かあります？」

「この状況で、よくそんな硬い質問ができるわね」

「僕は、パイロットになりたいと思っています」

「男子の皆が、憧れる職業ね」

「悪くないでしょう？」

「目標があるのは、素晴らしいことよ。私は、これという目標がないの」

「素敵なお嫁さんになるとか」

「平凡だけど、いい目標ね」

「夫が僕というのは？」

「可愛いご主人ね」

「物足りないですね？」

「君となら、楽しい家庭が築けそう」

「もう、イク寸前です」

「私も、ああ……、堪らない快感！」

「イキますね」

「私も、もう……、イ、イッ、イクわ！」

——二人は、同時に至福の丘を駆け上がった。


それからのことは、よく覚えていない。

夏休み終盤の五日間は、宿題に追われた。

僕の通っている高校は、宿題が多いことで有名だった。

「お兄ちゃんも、大変そうね」

夜、僕の部屋に来た、中学二年の妹のマリンも、宿題で苦しんでいた。

「終わりそう？」

「数学で、解き方が分からない問題があるの。教えてくれる？」

「まずは、自分の宿題を片付けてからだ」

結局、自分の宿題を終わらせるのに、夏休みの最終日までかかった。

「困ったわ。数学の先生、一番厳しいの」

「朝まで八時間ある」

僕は、いつになくやさしい兄になって、妹の宿題を終わらせた。

そして新学期が始まり、秋の季節が、静かに過ぎた。


十二月のクリスマスの日に、タイムの家のクリスマスパーティーに招待された。

家族が皆、居間に集まり、その中に、タイムの恋人もいた。

居間の隅に小さな仏壇がある。

――ソヒアは、遺影となって、そこに収まっていた。

共通の趣味

ＳＮＳで知り合ったアーロとミリーは、その日、恋人パークを、デート場所に選んだ。

「初めまして。アーロです」

「こんにちは。ミリーです」

「プロフィール写真より、実物の方がおきれいですね」

「アーロさんも、実物の方が、精悍で素敵です」

「ありがとうございます」

「公園内を、歩きましょう」

雲一つない、快晴のデート日和だった。

たくさんのカップルが、銀杏並木の陰で唇をかさねていた。

「昼間はキスですが、夜になると、どのカップルも、セックスをするらしいです」

「お詳しいですね」

アーロは、笑顔を浮かべながら言った。

「昨夜、ネットで調べました」

「お仕事ですが、薬剤師で間違いありません？」

「間違いありません。――アーロさんは、建築設計事務所にお勤めですね？」

「はい。――お歳は二十六歳？」

「アーロさんも、確か同じお歳？」

「あっという間に、二十五歳をこえました」

「女は、二十五を過ぎると、急速に老けてきます」

「ミリーさんは、花のように輝いていますよ」

「お世辞でも、嬉しいです」

「僕は、お世辞を言いません」

「嘘」

「本当です。信じてください」

「お言葉を、信じます」

「結婚をお考えになっています？」

「はい。――社会常識を尊ぶ人間ですので」

「僕も最近、結婚を意識するようになりました」

「何か、きっかけでも？」

「三年前に結婚をした、二つ歳が上の姉の三人家族を見ていると、家庭を持つことに、憧れを抱くようになってきたのです」

「分かるような気がします」

「今日デートをして相性が合えば、結婚を前提とした、お付き合いを希望します」

「私も同感です」

「僕たちは、同じ方向を向いているようですね」

「今まで交際なさった女性の中に、ひどい女性はいました？」

「いました」

「よろしければ、具体的に」

「既婚男性と交際していた女です」

「その女性は、二股交際を？」

「その通りです」

「どうして、そんな女性とお付き合いを？」

「交際当初は、知りませんでした」

「どのようにして、お知りに？」

「彼女が、自分から言いました」

「理由は？」

「交際していた既婚者が離婚をしたので、別れてくれないかと」

「どうしました？」

「仕方なく、別れることにしました」

「その後、その女性は？」

「離婚した男と、結婚したようです」

「知らせてきました？」

「はい、メールで知らせてきました」

「私は、浮気性の男性に悩まされたことが、幾度かあります」

「男に浮気は、付き物です」

「アーロさんも？」

「僕は、誓って、浮気はしません」

「その根拠は、何ですか？」

「気が小さいからです」

「信じます」

「ベンチに座りましょう」

アーロは、銀杏の木の下のベンチに、ミリーを誘った。

二人は、隣り合わせになった。

「初デートで、キスは早いですか？」と、青年が尋ねた。

「デートの場所をここに決めた時点で、キスはあるものと思っています」

アーロは、数十秒、唇をかさねてほどいた。

「続けても、よろしい？」

「ご自分のことを、気が小さいとおっしゃっていた割には――」

「なぜか、ミリーさんには、積極的になれます」

「とても嬉しいです」

二人は、こうして数時間もの間、唇をかさねた。

「お腹が減りました」

立ち上がって、アーロが言った。

「私も、です」

「公園を出たところに、確かレストランがありましたね」

ミリーが、腕時計を見た。

「もう六時。お腹が減るはずです」

――二人掛けテーブルを挟んで、二人は向かい合った。

「何にしましょう？」

メニュー表を見ながら、アーロが尋ねた。

「ハンバーグのセットメニューにします」

「僕もそれにします」

十分後に、食事が始まった。

「趣味は、プロフィールの通りですか？」

ミリーが尋ねた。

「はい、セックスです」

「私も、同じ趣味です」

「喧嘩をしても、セックスをすれば、仲直りができます」

「確かに」

「今夜は、どうしましょう」

「どうって？」

「明日は日曜で、お仕事はお休みでしょう」

「タクシーで、私の自宅に、ご案内します」

――半時間後、ミリーが暮らす賃貸マンションに到着した。

二人は浴室で、体を洗った。

「バスタブの縁に両手をついてください」と、アーロがリードした。

「これで、よろしい？」

「もう少し足を開いて」

「これくらい？」

「クリトリスを、愛撫しますね」

右手を、股間に滑らせた。

「ああ……」

「クリトリスが、元気よく立っていますね」

「浴室に入ってから、ずっと……」

「気持ちいいでしょう」

「気持ちいいです」

「ヴァギナに、挿入します」

「何を？」

「ペニスです」

「深く入れてくださいね」

「如何です？」と、挿入後に尋ねた。

「堪らない快感です」

「イキそう？」

「もうすぐ、イクと思います」

「結婚までの間の、燃えるような官能の旅を、満喫しましょう」

「セックスは、偽りのない愛の証です」

「愛しています」

「私も、愛しています」

「幸せですか？」

「幸せです」

「僕も、幸せです」

「ああ、もう……、イ、イッ、イキます！」

——二人は共通の趣味を享受して、一年後、晴れて結婚した。

カウガール

一週間前の合コンで、連絡先の交換をした相手から、携帯に電話がかかってきた。

「エバさんの携帯で、間違いありませんか?」

「はい、間違いありません」

「先日の合コンで、連絡先の交換をした、レジーです」

「ご連絡を、お待ちしていました」

「今日は、これからご予定がありますか?」

「特にありません」

「お逢いできないでしょうか?」

「デートのお誘い?」

「そうです」

「待ち合わせ場所は、どこにします?」

「Kホテルの、地下のバーは、如何でしょう?」

「待ち合わせ時刻は、何時に?」

「夜の七時に」

「朝まで、ということですね?」

「その予定です」

「分かりやすくて、好感を持ちました」

「ありがとうございます」

「では、バーの入り口付近で」

「よろしくお願いします」

エバが到着すると、レジーが待っていた。

「急に、電話をしまして、申し訳ありませんでした」

「とても、嬉しかったです」

二人掛けテーブルを挟んで座り、マタドールとフィンガーフードセットを注文した。

「お歳は確か、二十五歳?」

「そうです」

「僕は、二十八です。老け顔なので、よく三十代に間違われます」

「全然、老けた顔に見えませんよ」

「お世辞でも、嬉しいです」

「私は、お世辞を言えない人間です」

「お言葉を、信じます」

二人の勤め先は、レジーが商社、エバが大手家具メーカーである。

「いい会社にお勤めですね」

「エバさんも」

「結婚は、意識されていますか?」

「意識しています」

「私も、意識していますので、建設的なお付き合いを、希望します」

「同感です」

「結婚相手に求める必須条件などありましたら、おっしゃってください」

「家庭料理を作れること、社会常識をお持ちであること。——その二つくらいです」

「料理学校には行っていませんが、十代の頃に母に教わった家庭料理は、ひと通り作れます。また社会常識も、身につけているつもりです」

「同じ質問に、お答えください」

「安定収入と社会常識です」

「それ以外には?」

「特にはありません」

「価値観の大きな違いは、ないようですね」

二人は、カクテルのお代わりをした。

「あとは、肉体的な相性を確かめるだけだと思います」

「セックス?」と、エバは尋ねた。

「そうです」

「セックスは、大切な要素ですものね」

「僕は、どちらかというと、Mの部類に入る人間だと思います」

「私は、Sの部類に入る人間です。実は、私のバッグの中には、ムチが入っています」

「本当ですか?」

「冗談です」

「何だ、残念」

「その反応、とても気に入りました」

——二人は、カクテルを飲み終えると、ホテルのダブルルームに入った。

「一緒に入浴しましょう」

レジーが誘い、浴槽の湯の中で二人は、カブースになった。

「クリトリスを愛撫しますね」

青年は、愛撫を始めた。

「ああ、気持ちいいです」

「唐突ですが、初恋について、お尋ねしてもよろしい？」

「この状況で？」

「駄目？」

「いいえ」

「あなたのすべてを、知りたいのです」

「初恋は、幼い時にしました」

「幼い時というのは？」

「七歳の時です」

「七歳というと、小学校の二年ですね」

「はい」

「お相手は？」

「従兄でした」

「彼は、何歳でした？」

「中学一年でした」

「彼との忘れられない思い出など、あります？」

「夏休みに彼の家に遊びに行った時、一緒にお風呂に入った思い出があります。その時も、湯船の中で、こんな格好になって、仲良くお湯につかっていました」

「それは、記憶に残る貴重な体験ですね」

「今でも時々、思い出しながら、ひとりエッチをします」

「彼のことを、ずっと好きでした？」

「いいえ、ずっとでは、ありませんでした」

「どうして？」

「彼は、高校を卒業すると、海外の大学に留学したのです」

「あなたの気持ちを知っていて？」

「違います」

「あなたの気持ちに、気づかないまま？」

「それも、正確ではありません」

「では、どうして彼は、海外留学を?」

「実は彼は、私が想像していた以上に、私を愛していたのです」

「それをどのようにお知りになりました?」

「小六の時に、彼に告白されたのです」

「なるほど」

「ところが私には、同じクラスに、彼以上に好きな男子児童がいました」

「それを従兄の彼に、伝えた?」

「そうです」

「反応は、如何でした?」

「可哀想なくらいに、動揺していました。私は、自分が怖くなりました」

「エバさんはきっと、自分のお気持ちに、正直でありたかったのでしょう」

「そのお言葉に救われますが、やはり私は、性的な状況においてばかりでなく、その他のシチュエーションにおいても、自分がSであることを、認識しました」

「冷静な分析を、なさるのですね」

「自分を知ることとは、生きていく上で大切なことですから」

「彼は、今も海外に?」

「留学先の女子大生と恋に落ち、卒業後に、その女性と結婚したそうです」と、エバは説明した。「次は、レジーさんの初恋のお話を、お聞かせください」

「お相手は、同級生?」

「高校一年の時でした」

「いいえ、近所のマンションで一人暮らしをしていた、女子大生でした」

「何だか、ロマンティック」

「最寄り駅から朝、週に二回、同じ電車に乗っていたのです」

「どちらから、声をかけました?」

「彼女から」

「嬉しかったでしょう?」

「はい」

「デートに誘われました?」

「日曜日に、彼女の自宅に案内されました」

「いきなり、彼女の自宅?」

「純情な少年でしたから、ときめきました」

「彼女もきっと、レジーさんに、好意を抱いていたのでしょう」

「居間のソファーに座って、キスを交わしました」

「初めてのキス？」

「そうです。そしてそのあと、彼女のリードで――」

「ご感想は？」

「初めて自分が、性的にMの人間であることを、知りました」

「具体的に、どんなセックスを？」

「まず、オーラルプレイで、攻められました」

「彼女の方は、Sの部類に入る人だった？」

「そうです」

「それから？」

「アナルを長時間、執拗に舌で愛撫されました」

「そのあとは？」

「ウーマンオントップの体位に」

「お二人のSとMのご関係が、ストレートに反映された体位ですね」

「そして両手で、首を絞められました」

「さぞ、驚かれたでしょう」

「普段は、とても清楚な女性でしたから――」

「私も首を絞めるのは、大好きなのですよ」

「何度か、経験なさったのですね」

「はい」

「楽しみです」

エバは、微笑んだ。

「その女性とは、長くお付き合いを？」

「彼女が就職するまで、交際しました」

「湯船から出ましょう」

「賛成です」

洗い場で二人は、カウガールの体位になった。

「ああ……、とっても気持ちいいです」

「相性を確かめたいので、首を絞めてください」

青年が、懇願した。

「分かりました」

――エバが両手で首を絞めると、レジーは気絶した。

エドワードの恋宅

水曜日の午後一時、ライラの家のインターホンを鳴らすと、本人が玄関ドアを開けた。

「初めまして。『恋人宅配便』から参りましたエドワードです」

名刺を手渡した。

「ライラです。――どうぞ、中にお入りください」

居間に通された彼は、勧められた三人掛けソファーに、腰を下ろした。

「ご家族の皆さまは、お仕事ですか?」

キッチンにいる夫人に尋ねた。

「主人は、週末以外は会社に。大学生の娘は、一人暮らしをしています」

「ご主人のお仕事は?」

「人材派遣会社の経営者です」

「立派なお仕事ですね」

淹れたてのコーヒーを、テーブルの上に置いた夫人は、エドワードの隣に座った。

「四時まで、よろしくお願いします」

「こちらこそ、よろしくお願いします」

「お歳は、お幾つかしら？」

「二十八です」

「私の歳が、お分かりになります？」

「十六歳？」

「ご冗談を」と、夫人は微笑んだ。

「大変、失礼しました」

「四十五歳です」

「肌が透き通るように美しく、若々しいので、三十代に見えます」

「ありがとうございます。――恋宅のお仕事に就いて、何年に？」

「三年になります」

「お慣れになりました？」

「はい」

「それは、いいことですわ」

「自分に向いている仕事だと思っています」

「素晴らしいことです」

「お会いした瞬間に、奥様に恋をしました」

「私も、です」

「恐縮です」

「主人が愛人を作ってからというもの、寂しい思いをしてきましたが、エドワードさんと過ごす楽しい時間が、私を救ってくれそうです」

「ご主人の愛人は、秘書ですか？」

「よくお分かりに」

「たくさん見てきましたから」

「キスを、お願いします」

エドワードは、軽く唇をかさねてほどいた。

「奥様の唇は、柔らかくて、素敵です」

「嬉しいわ。——主人に褒められたことは、一度もありません」

「ご主人はきっと、奥様の魅力に、気づいていらっしゃらないのです」

「浴室は、二階です。——行きましょう」

二人は、シャワーのあと、立ちバックになった。

「ああ……、気持ちいいです」

「ニップルを、愛撫しますね」

「勃起しているでしょう？」

「はい。元気よく、立っています」

「なんて、いい気持なの」

「幸せですか？」

「幸せです」

「寝室に移りましょう」

——ベッドの上で二人は、バックの体位になり、エドワードは、ライラのブレストに両手を回して、やさしく揉んだ。

「失神しそうです」

「感度が素晴らしいですね」

「思春期の頃から、毎日のように、自分で触っていましたから」

「それで、感度が発達したのですね」

「クリトリスも、やさしく愛撫してください」

「こんな感じで、よろしい？」

「ああ、もう……、イ、イッ、イキそうです！」

——ライラは、失神した。

半時間後——。

夫人が意識を取り戻すと、二人は服を着ながら、言葉を交わした。

「来週の水曜日に、また来ていただけます？」

「はい、喜んで」

「では、明日にでも、予約の電話をしておきます」

「お願いします」

「今夜は、お仕事？」

「はい、もう一件」

「お相手は、若い方？」

「年齢は、不明です」

「大変ね。一日に二回も」

「体力には、自信がありますから」

「倒れないでね」

「お気遣いいただき、感謝いたします」

「では、また」

――二人は別れ際に、唇をかさねた。


午後八時にエドワードは、この日二件目の客の自宅を訪問した。

チャイムを鳴らすと、若い女がマンションの部屋のドアを開けた。

「初めまして。恋宅のエドワードと申します」

「スペースです。――どうぞ、お入りください」

部屋の間取りは、1LDKだった。

エドワードが、勧められた二人掛けソファーに座ると、スペースは、エドワードの隣に腰かけ、ビールグラスにビールを注いだ。

「失礼ですが、お客様は、学生さんですか？」

「二十歳になったばかりの、大学生です」

二人は、ビールグラスを合わせた。

「ついこの間、失恋しました」

「交際期間は、どれくらいでした？」

「一年半でした」

「お相手の方も、大学生？」

「そうです。――彼は経済学部、私は文学部でした」

「どこで、お知り合いに？」

「学食で、相席になって」

「そこで、話が弾んだ？」

「はい。彼も私も、好きな音楽が、R＆Bでした」

「音楽の趣味の一致は、男女の距離を縮めますね」

「エドワードさんは、どんなジャンルの音楽が、お好きかしら？」

「私も、R＆Bが好きです」

「好みを合わせようとしていません？」

「いいえ、本当の話です」

「じゃ、お好きなR＆B歌手を五人、おっしゃってみてください」

エドワードは、淀みなく答えた。

「今、お答えになった五人は、私も大好きです」

「安堵しました」

「エドワードさんって、とても面白い方ですね」

「恐れ入ります」

「彼とはその日のうちに、男女の関係になりました」

「場所は、どちらで？」

「彼の自宅です」

「それからは、お別れになるまで、順調に交際を？」

「はい。学生らしい恋をしていました」

「しかし、終わりがやって来たのですね？」

「突然でした」

「何があったのです？」

「お聞きになりたいですか？」

「できれば――」

「ある日、彼が大学を休学すると言い出しました」

「理由は？」

「海外青年活動隊に、参加するつもりだと」

「あれは、一種のボランティア活動ですね」

「そうです。発展途上国へ赴いて、現地のボランティア団体と協力して、様々なボランティア活動に従事します」

「以前から彼は、その活動に強い関心を抱いていました？」

「気づかなかったです」

「どうしたのでしょう」

「私は泣いて、行かないで欲しいと訴えましたが、駄目でした」

「あなたの悲しみが、痛いほどよく分かります」

「ありがとうございます」

エドワードは、スペースを抱きしめた。

「忘れましょう。——私が新しい恋人になります」

「私はもう、エドワードさんに、恋をしています」

「私も、スペースさんを、愛しています」

「キスしてください」

「承知しました」

十分間の口づけのあと二人は、浴室のバスタブの湯の中で、対面座位になった。

「気持ちいいです」

「私も、同感です」

「イキそうです」

「ご一緒に」

「ああ、もう……、イ、イッ、イキます！」

——二人は同時に、至福の丘を駆け上がった。

「駅まで送らせてください」

「外は暗いですよ」

「大丈夫です。子供の時から、合気道を習っていますから」

二人は手を繋いで、夜道を歩いた。

「必ず指名しますので、来週も来てくださいね」

「承知しました」

「明日は誕生日なので、久しぶりに実家に帰る予定です。母が手作りのバースデーケーキを作るって、張り切っています。私の携帯の待ち受けは、母の写真なのですよ」

スペースはこう言って、携帯の画面を、エドワードに向けた。

——ライラが、微笑んでいた。

アンドロイドD

仕事が休みのその日、クロエは、アンドロイド店に足を運んだ。

中年の店主が、笑顔で彼女を迎えた。

「いらっしゃいませ！」

「セックス用アンドロイドを、見せてください」

「承知しました。奥の方へ」

十メートルほど先で、店主の足が止まった。

「こちらが、最新のアンドロイドDです」

人間そっくりの、金髪の美青年だった。

「ハンサムですね」

「はい。芸術作品と言っていいでしょう」

Dは、上はTシャツ姿、下は半ズボン姿で、瞼を閉じていた。

「身長は、何センチですか？」

「ちょうど二百センチです」

「体重は？」

「百キロです」

「完璧な肉体ですね」

「腕力、脚力は、成人男子の約三倍です」

「どうすれば、動くのです？」

「お臍を二秒間押すと、作動します」

「動かしても、よろしい？」

「どうぞ、どうぞ」

クロエは、半ズボンを数センチ下げて、臍を二秒間押した。

すると、アンドロイドの瞼が開いた。

「こんにちは」

Dが喋った。

「こんにちは。——私の名前は、クロエ」

「私の名前は、Dです。——お歳は？」

「二十五歳」

「とても、可愛いですね」

「ありがとう。Dもハンサムで、私の好みよ」

「ご趣味は？」

「ゲームかな」

「一緒に遊んだら、楽しそうですね」

「楽しいと、思うわ」

「購入してくださいね」

「お値段は、お幾らかしら？」

「五十万パーティクルです」

店主が、答えた。

「コミュニケーション能力が、とても優れていますね」

「あとは、セックスの相性を、確かめるだけです」

「はい」

「防音室に、ご案内いたします」

「防音室？」

「左様でございます」

「そこで何を？」

「セックスの相性を、お試しいただくことができます」

「ご冗談でしょう」

「お客様全員が、お試しになっています」

「全員が？」

「如何なさいます？」

「試してみます」

「では、こちらへ」

——三人は、店の奥に進んだ。


防音室の中央には、ベッドが一台、置かれていた。

「D、半ズボンとTシャツを脱いで」

店主がそう命じると、アンドロイドは、全裸になった。

人間の男性の体と同じ作りだった。

「これから実際に、アンドロイドと、セックスをしていただきます」

「このベッドの上で、ですか？」

「はい、このベッドの上で」

「部屋の外に、喘ぎ声が漏れません？」

「大丈夫でございます」

「どのようにすれば、セックスができます？」

「その前に、下着をお脱ぎになってください」

「恥ずかしいわ」

「Ｄが脱がしてくれます」

「クロエ様、失礼します」

Ｄは、ワンピースの裾を捲り、慣れた手つきでパンティーを脱がせた。

「お客様、Ｄの性器を三秒間、握ってください」

「はい」

クロエは、恐る恐る、握った。

性器が、セックス可能な状態になった。

「これで、性交ができます」

「店主さんは、ずっとここに？」

「お客様のお気持ち次第です」

「初めてですので、いてください」

「かしこまりました」

「クロエ様の、お好みの体位は？」

　Dが尋ねた。

「正常位が好き」

「では、ベッドの上に、お上がりください」

　Dの指示通りにした。

「いきなり合体するの？」

「いいえ。――合体は、前戯を行ってからになります」

「じゃ、仰向けになるわね」

　仰向けになると、Dがブレストの愛撫を開始した。

「如何です？」

　店主が尋ねた。

「気持ちいいです」

「ニップルが、勃起していますね」と、Dが言った。

「感じているもの」

五分が、経過した。

「両膝を抱えてください」

その通りにすると、Dは、クリトリスと膣口を、二本の指で愛撫した。

「ああ……素敵、なんて、気持ちいいのかしら」

さらに、十分が経過した。

「挿入します」

二人は、一つになった。

「ペニスを、回転させます」

回転させた。

「堪らない快感だわ！」

「ニップルを、愛撫します」

愛撫が始まった。

「凄くいい！」

「ピストン運動を、開始しますよ」

「もっと、激しく、速く——」

「これで、如何でしょう?」

「最高」

「ゴールしてください」

「ああ、もう……、イ、イッ、イク!」

——クロエは、至福の丘を駆け上がった。

「お客様、如何でした?」

店主が尋ねた。

「満足しました」

「お二人が、恋人同士に見えました」

「人間とアンドロイドは、三年以上同居すれば、事実婚と認定されるのでしょう?」

店主に尋ねた。

「おっしゃる通りです」

「D,ずっと仲良く、一緒に暮らしましょうね」

「はい」

「お買い上げ、ありがとうございます」

——店主は、満面の笑みを浮かべて、二人を見送った。

ニューパートナー

アダムの業務用携帯電話が鳴った。

「便利屋のアダムでございます」

「ルナという者です」

「ご依頼内容は？」

「恋人役を、引き受けていただきたいのです」

「では、ご希望の日時と場所を」

「二日後の土曜日の、午後七時から翌朝七時まで。場所は私の自宅で」

「かしこまりました。ご住所を、お願いいたします」

――当日の午後七時。

アダムは、賃貸マンション五階二号室の、チャイムを鳴らした。

美しい女が、姿を現した。

「どうぞ、中にお入りください」

勧められた、居間の二人掛けソファーに座った。

「ビールでよろしい？」

「はい」

テーブルの上にビールグラスを置いて、ルナは、アダムの隣に座った。

二人は、グラスを合わせた。

「道に迷われませんでした？」

「大丈夫でした」

「実は一か月前まで、ここで、ある人と同棲していました」と、ルナは続けた。「結婚も視野に入れていたのですが、うまく行きませんでした」

喉が渇いていたアダムが、あっという間にグラスを空にすると、ルナは二杯目の缶ビールを、グラスに注いだ。

「何年間、同棲生活を？」

「二年です」

「お一人になられて、寂しくなりましたね」

「はい」

「これからも、ここにお一人で？」

「狭い部屋が苦手なので、ここで暮らすつもりです」

「部屋の間取りは？」

「２ＬＤＫです」

「それはいい」

「アダムさんも、マンション住まい？」

「そうです」

「失礼ですが、部屋の間取りは？」

「ワンルームです」

「独身ですね」

「三十になりましたが、まだ独身です」

「独身主義？」

「この仕事をしている間は、結婚は難しいと思います」

「私の歳を、当ててみてください」

「十六歳？」

「冗談にも、お世辞にも、なっていませんわ」

「失礼しました」

「もう一度、チャンスを差し上げます」

「二十七歳？」

「二十八歳です」

「また外してしまいました」

「アダムさんって、楽しい方ですね」

「よく言われます」

アダムは、二杯目のビールグラスを空にした。

「まだ冷蔵庫に、ありますよ」

「機能不全に陥ってはいけませんので」

「私も一杯だけにしておきます」

「シャワーを、お借りしたいのですが」

「ご一緒させてください」

二人はシャワーのあと、バスタブの湯の中で、カプースになった。

「気持ちいいです」

アダムは、右手で、ルナのクリトリスを触った。

「勃起していますよ」

「愛撫してください」

「こんな感じで、よろしい？」

「堪らない快感です」

「ニップルも愛撫しますね」

愛撫を、始めた。

「とっても、気持ちいいです」

「お仕事は、何を？」

「この状況で、よくそんな冷静な質問を」

「お答えにならなくても、結構ですよ」

「外資系下着メーカーで、下着の訪問販売をしています」

「どうして、そのお仕事を？」

「勤務時間が自由なところが、気に入ったのです」

「休みも、自由に取れます？」

「はい。とにかく、商品を売ればいいというシステムです」

「販売する下着は、女性下着？」

「いいえ、男性用下着です」

「どの年齢層の男性を、ターゲットに？」

「年配の方は、おしゃれに無関心ですね」

「でも若い方は、昼間はお仕事にお出かけでしょう？」

「ですから、訪問時間は、夜になります」

「ひょっとして、枕営業を？」

「その通りです」

「大変なお仕事ですね」

「体力勝負の仕事です」

「同棲なさっていた彼は、ルナさんのお仕事に、理解がありました？」

「無職だったので、反対はしませんでした」

「なるほど」

「ところで、アダムさんの、私に対する印象は？」

「というと？」

「好みのタイプの女かしら？」

「はい。もちろん」

「嘘だわ。社交辞令に決まっています」

「とんでもございません」

「本当？」

「はい」

「お言葉を、信じることにします」

「私に対する印象は？」

「実は、困っています」

「好みではない？」

「いいえ。好みだから、困っているのです」

「どうして、お困りに？」

「お会いした瞬間に、恋をしてしまったからです」

「信じられません」

「信じてください」

「光栄です」

「来週また、来ていただけます？」

「今日と同じ時刻で、よろしい？」

「はい、同じで結構です」

「かしこまりました」

「ベッドに移動しましょう」

ベッドで二人は、バックのポジションになった。

「ピストン運動を、開始しますね」

力強く、腰を動かし始めた。

「ああ、もう……、イ、イッ、イキます！」

――二人は、至福の丘を駆け上がった。


――一週間後アダムは、約束通り、ルナ宅を訪れた。

ビールを飲みながら、居間で話をした。

「アダムさんは、独身主義ではありませんね」

「はい。私の仕事を受け入れてくださる女性が現れましたら、結婚するつもりです。もちろん二人の間に、愛があっての話ですが――」

「私、アダムさんのお仕事を受け入れる、心の準備ができています」

「心強いお言葉です」

「私に一つ、提案があるのですが、聞いていただけます？」

「何でしょう？」

「私が、下着の訪問販売を辞めるのは、如何でしょう」

「私は、枕営業を、嫌っていませんよ」

「それは分かっています」

「何をおっしゃりたいのです？」

「便利屋の一員に、私を加えて欲しいのです」

「本気でおっしゃっています？」

「ええ、本気です。――何か不都合でも？」

「不都合どころか、商売繁盛に繋がる、ご提案だと思います」

「なら、私との結婚を、考えていただきたいのです」

「前向きに、検討します」

「よろしくお願いします」

「それは、私の台詞です」

「住まいは、このマンションでよろしい？」

「はい」

「いつ、お引越しに？」

「月末にでも」

——アダムの引っ越しが終わった二日後。

二人は、婚姻届けを、役所に提出し、その足で、レストランで食事をした。

「食事が終わったら、会社を辞めてきます」

ルナが言った。

「夫婦で便利屋の仕事ができるなんて、夢のようです」

「喜んでもらえて、嬉しいです」

翌日ホームページに、ルナの顔写真を掲載すると、男性から恋人役の仕事が入った。

「今夜の七時から翌朝七時までの、恋人コースをお願いします」

電話を受けたルナが、応対した。

「かしこまりました。恐れ入りますが、ご住所を」

墓の清掃の仕事で出かけていたアダムが、夕方、報告を受けた。

「もう仕事が入ったか。——俺が、車で送るよ」

「ありがとう」

——一年後、二人は、子宝を授かった。

隣室のメイ

その日、マンションの隣の部屋に、新しい住人が引っ越してきた。

昼前に廊下に出ると、ちょうどその住人も、廊下に姿を現した。

「初めまして。今日、引っ越してきたばかりの、メイという者です」

「こんにちは。セバスチャンと言います」

「よろしく、お願いします」

「こちらこそ、よろしくお願いします」

「昼食は、お済みになりました？」

「いいえ、これからです」

「先ほど、一人では食べきれない量のカレーを作りました。よろしかったら、食べるのを手伝っていただけます？」

「ご迷惑では？」

「どうぞ、遠慮なさらず」

「お言葉に甘えて、ご馳走になります」

部屋の中は、整然としていた。

「荷物が少ないので、簡単な引っ越しでした」

「あまり物をお買いにならないのですね」

「家の中が、物だらけになるのが嫌で」

「そのお気持ち、よく分かります」

「セバスチャンさんも、小ぎれいなお部屋が、お好みですか？」

「メイさんのお部屋と同じくらい、簡素です」

——二人は、ダイニングテーブルを挟んで、カレーを食べ始めた。

「お歳は、お幾つです？」と、メイは尋ねた。

「二十六歳です」

「私は、二十八歳です」

「僕より、二つ上ですね」

「年上の女は、如何です？」

「素晴らしいと思います。——お仕事は、何を？」

「公立小学校の教師をしています」

「僕は、製薬会社で、ＭＲを」

「ビールがありますけど、お飲みになります？」

「お酒は好きですが、狼男になるといけませんので、遠慮いたします」

「狼男に変身なさったご経験が？」

「いいえ、ありません」

「でしたら、遠慮なさらず」

二人は、ビールグラスを合わせた。

「そろそろ、ご結婚を、お考えになっています？」

思い切って、セバスチャンは尋ねた。

「ええ、考えています」

「メイさんなら、すぐに素敵なお相手が、見つかると思いますよ」

「どうして、私なら？」

「おきれいだからです」

「恐縮です」

「現在、交際なさっている方は？」

「三人の方と、お付き合いをしています」

「三人！」と、思わずセバスチャンは、大声を上げた。

「そんなに、驚かないでください」

「同時に三人の方との交際は、大変でしょう」

「お付き合いといっても、男女の深い関係には、至っていませんの」

「プラトニックなご交際？」

「そうです。成人してからは、どなたとも――」

「では、セックスの初体験は、いつだったのです？」

「十六歳の時でした」

「高校一年の頃？」

「夏休みでした」

「お相手は？」

「担任の先生でした」

「担任の先生！」

「珍しくは、ないのですよ」

「僕が通っていた学校では、聞いたことがありません」

「表に出ないだけです」

「当時の先生のお歳は？」

「三十二歳でした」

「先生は、結婚なさっていました？」

「独身でした」

「魅力的な方だったのですね」

「はい」

「場所は、どこで？」

「先生の自宅です」

「先生が、メイさんの体を求めた？」

「はい」

「抵抗なさらなかった？」

「愛していましたから、しませんでした」

「ご感想は？」

「美しい思い出として、記憶に刻まれています」

「でもどうして、十六歳の年齢差のある先生を、愛したのです？」

「恐らくその先生に、亡き父の面影を、かさねていたからだと思います」

「お父さんは、メイさんがお幾つの時に、お亡くなりに？」

「私が十二歳の時に」

「ご病気で？」

「不治の病で、亡くなりました」

「お父さんを、深く愛していたのですね」

「でも早く亡くなったので、恐らく、愛し足りなかったのです」

「それで、お父さんの面影を、先生に投影した？」

「おっしゃる通りです」

「今後も、年上の方を、恋愛の対象に？」

「どうでしょう」

「今、交際されている三人の方の年齢は？」

「皆さん、十歳以上、歳が上の方です」

「年下の僕は、恋愛の対象にはなりませんね」

「そうでもなさそうです」

「というと？」

「私、セバスチャンさんに、恋をしているような気がします」

「嘘でしょう？」

「本当です」

「それが事実なら、とても光栄です」

「信じてください」

「信じましょう」

「セバスチャンさんの、私に対するお気持ちを、お聞かせください」

「恋愛感情の有無についてですか？」

「そうです」

「僕も、メイさんに恋をしていると思います」

「嘘ではありませんね？」

「嘘ではありません」

「キスをお願いできます？」

「食事のあとで」

「だめ、今すぐ！」

セバスチャンは立ち上がり、座ったままのメイの唇を、十数秒、うばった。

「メイさん、愛しています」

「私も、愛しています。――一緒に、シャワーを浴びましょう」

――シャワーのあとメイは、バスタブの縁に両手をついた。

「挿入しますね」

セバスチャンは、ゆっくりと、挿入した。

「気持ちいいです」

「クリトリスを、愛撫します」

愛撫を始めた。

「ああ、堪らない快感！」

「ブレストも、愛撫します」

「なんて素敵なセックスかしら」

「幸せ？」

「はい。――今夜からあなたと、同棲したいです」

「それは構いませんが、一つ条件があります」

「なんでしょう？」

「現在交際なさっている方々と、別れてください」

「分かりました」

「結婚するかしないかは、半年後に判断しましょう」

「異議なしです」

「ピストン運動を、開始します」

青年は、腰を動かした。

「幸福の滝に打たれているようです」

「PスポットとGスポットの両方を、刺激していますから」

「速度を速めてください」

「了解しました」

「ああ、もう……、私、イ、イッ、イキます！」

二人は、至福の丘を駆け上がった。


――同棲して半年が経過した、休日の午後。

セバスチャンは、婚約指輪を、ダイニングテーブルの上に置いた。

「僕と結婚して欲しい」

「とても嬉しいわ。ありがとう」と、メイは言った。「あなたのお陰で、ようやく私は、父の死のショックから、立ち直ることができたわ」

「いつ夫婦になる？」

「早いほうがいいわ」

「夫婦にならないと、落ち着かないからね」

「じゃ、来週にでも、二人で役所に行きましょう」

「それがいい」

「結婚式は、どうするつもり？」

「君に任せるよ」

「私、フェルミにある、妖精が棲む森の教会で式を挙げるのが、十代の頃からの夢だったの。——ただ二年先まで、予約が埋まっているらしいわ」

「それくらい待っても、いいじゃないか。慌てて他所でしたら、きっと後悔するよ。主役は花嫁になる君だから、君に決定権がある」

「分かったわ。あなたの言う通り、待つことにする。我儘を聞いてくれてありがとう」

——二年後に二人は、一歳になる一人娘を連れて、森の教会で式を挙げた。

ルーシーの婚活

土曜日の昼、ルーシーは、某婚活パーティーに出席した。

少し遅れていったので、約五十人の独身の男女が、すでに会場に集まっていた。

長身の男が、話しかけてきた。

「こんにちは。ローリーと言います」

「初めまして。ルーシーと言います」

「婚活パーティーは、初めてですか?」

「はい」

「僕も、初めてです」

「身長が、高いですね」

「百八十五センチあります」

「私、百六十センチもありません」

「僕は、小柄な女性が好みです」

「壁際のソファーに座って、お話をしません？」

壁際に、二人掛けソファーが、一定の間隔で、置かれていた。

「そうしましょう」

隣り合わせに座った。

「お仕事は、何を？」と、ルーシーが尋ねた。

「ウェブ系企業で、システムエンジニアを」

「私は、スナック菓子メーカーに勤めています」

「結婚生活の要は、経済ですから、勤め先は重要だと思います」

「失礼ですが、年収は？」

「約六百万パーティクルです」

「私の年収は、約四百万パーティクルです」

「結婚後も、お仕事を？」

「そのつもりでいます」

「共働きになりますね？」

「どう思われます？」

「僕の方は、どちらでもいいと考えています」

「女性に合わせると？」

「そうです」

「柔軟性がある方は、素晴らしいと思います」

「お歳は？」

「二十六歳です」

「三十歳です。――現在、お付き合いをなさっている方は？」

「いません」

「同じく、僕もいません」

「過去恋について、お聞きしたいのですが……」

「一番最近の恋でよろしい？」

「はい。――お相手の方は、どんな方でした？」

「小学校の先生をしていました」

「硬いお仕事をなさっていたのですね」

「真面目な女性でした」

「交際期間は？」

「二年でした」

「結婚を前提にしたお付き合いを？」

「はい」

「もしよければ、お別れになった理由を」

「一番の理由は、彼女が肉体的な接触を拒み続けたことです」

「手を繋ぐことも？」

「そうです」

「その理由は、何でした？」

「結婚するまでは、肉体的接触をしないと」

「古風ですね」

「二年間挑戦しましたが、駄目でした」

「女の私にも、理解できないことです」

「ビアンだった可能性があります」

「思い当たる節でも？」

「中学の頃からの女友だちの話を、よくしていましたから」

「なるほど」

「その女友だちが、彼女の恋人だったような気がします。――学校の先生でしたから、世間体を考えて、男性と普通の結婚がしたかったのでしょう」

「でも、うまく行かないのは、試みる前から明らか。他人に迷惑をかけるようなことは、教師の立場であれば、してはならないことです」

「今度は、ルーシーさんの過去恋を、お話しください」

「半年前に終わった、一番最近の恋でよろしい？」

「はい。――交際を始められたのは、いつでした？」

「今から、一年前です」

「どんな風にお知り合いに？」

「ＳＮＳで知り合いました」

「相手の方のお歳は？」

「二十八歳でした」

「初キスは、何回目のデートで？」

「六回目のデートでした」

「場所は？」

「恋人喫茶です」

「恋人喫茶は、個室ですね」

「はい」

「結婚を視野に入れた、真剣交際？」

「相手は、メガバンクに勤めるエリートだったので、真剣交際でした」

「セックスは、何回目のデートで？」

「十回目のデートで」

「相性は、どうでした？」

「上手くいきませんでした」

「どうしてです？」

「彼の性器が勃起しませんでした」

「ＥＤ？」

「以後、何度試みても、結果は同じでした」

「それは、深刻な結果だ」

「セックスは、経済と並んで、無視できない大切な要素です」

「おっしゃる通りだと思います」

「別れる以外に、選択の余地は、ありませんでした」

ローリーは、神妙な表情で、ルーシーの話を聞いていた。

「相手の方は、ゲイだった？」

「恐らく」

「これからルーシーさんを、僕の自宅に、ご案内したいと思います」

「ご自宅に？」

「そうです。あなたを安心させたいのです」

——一時間後、二人は、マンションのローリー宅に到着した。

間取りは、１ＬＤＫである。

ローリーはすぐに、風呂に入る準備をした。

——脱衣室で、背面の立位になった。

「ああ、気持ちいいです」

ルーシーの細い顎が、上がった。

「クリトリスを、愛撫します」

ローリーは、右手を股間に滑らせ、愛撫を始めた。

「勃起していますよ」

「敏感なのです」

「毎日、触っています？」

「ほぼ毎日、触っています」

「朝立ちは？」

「あります」

「朝から、ひとりエッチを？」

「はい。――ローリーさんは？」

「僕も朝から、ひとりエッチをします」

「その様子を想像するだけで、興奮しますわ」

「愛撫は、これでよろしい？」

「とっても、感じています」

「ニップルも、愛撫しますね」

左手で、愛撫を始めた。

「堪らない快感です」

「僕が、ゲイでなくて、安心しました？」

「はい、安心しました」

「落ち着いて、ルーシーさんと、お付き合いができそうです」

「嬉しいですわ」

「ペニスを、深く入れますね」

「ここで、フィニッシュなさるおつもり？」

「駄目？」

「いいえ」

「まず、半年間お付き合いをしましょう」

「異議なしです」

「そして、お互いの理解を深めたら、迷わず婚約です」

「長すぎた春になっては、いけませんものね」

「そしてさらに半年後、特に障害がなければ、正式の夫婦になりましょう」

「完璧なストーリー」

――二人はこのあと、対面の立位になった。

「とっても、気持ちいいです」

「ピストン運動を、開始します」

ローリーは、力強く腰を動かした。

「なんて素敵なセックスかしら」

「アナルを、愛撫しますね」

「洗っていませんよ」

「嫌？」

「愛撫してください」

ローリーは、ピストン運動を継続しながら、右手の中指で愛撫を始めた。

「痛くありません？」

「痛くありません」

「幸せ？」

「堪らない幸福感に包まれています」

「イキそう？」

「時間の問題です」

「僕も、同感です」

「こんなセックスを、したことがありませんわ」

「男冥利に尽きます」

「ああ、もう……、イ、イッ、イキます！」

——一年後、予定通り二人は、結婚した。

格闘家ライリー

国道沿いの歩道を歩いていると、若い女が二人の男に絡まれていた。

「金を出せ！」

長身の男の声が、とどろいた。

「ぐずぐずするな。早く！」

太った男が、大きな声を上げた。

女は怯えて、震えているようだ。

正義感の強いライリーは、知らぬ振りをすることができなかった。

「おい、お前たち、何をやっている！」

「何だ、てめえ。大人しく引っ込んでいろ」

長身の男が、低い声で、ライリーを威嚇すると、太った男が、長身の男にささやいた。

「此奴、格闘家のライリーに似ていますぜ」

「確かに。やたらでかいしな」

「お前、名前は？」

「ライリーだ」

「やっぱり、ライリー様でしたか。大変失礼しました。どうか、お見逃しを」

長身の男が、土下座をした。

「分かったら、とっとと消えろ！」

ライリーがこう言うと、二人の男は、あっという間に姿を消した。

「大丈夫？」

娘に声をかけた。

「はい、大丈夫です。――ありがとうございます」

「じゃ、気をつけてね」

「あのう、これから、どちらへ？」

「自宅に帰るところだよ」

「お一人で、お暮らしですか？」

「うん。――よかったら、うちに来る？」

「私は、女泥棒かもしれませんよ」

「面白い冗談を言うね。ユーモアのある人は、大好きだ」

二人は、ライリーの自宅に向かった。

「私の名前は、エリンと言います」

「僕の名前は、ライリー。——歳は？」

「二十一です」

「二十八だ」

「格闘家なのですね？」

「知らなかった？」

「ごめんなさい。格闘家の人は、誰も知りません」

「謝ることじゃないよ」

「身長はどれくらいですか？」

「二百センチ」

「私、百六十です。身長差四十センチですね」

「僕は、小柄な女性が好みだ」

「意外です」

「僕自身が中学を卒業するまでは、小さかった」

「嘘でしょう？」

「本当だよ。だから、小学校中学校の頃は、よく苛められていた」

「それで、強くなろう、と？」

「その通り。高校時代は、身長を伸ばす目的で、バスケをやった。すると、驚くようなスピードで、身長が伸びた」

「格闘家には、いつなろうと？」

「高三の時に、町を歩いていたら、スカウトされた」

「迷いました？」

「普通に大学に行って、普通の人生を歩むつもりだったからね」

「素質を見抜いた人は、偉いと思います」

「その人は、当時のヘビー級の国内チャンピオンだった人だ」

「その人と町で出会っていなかったら、格闘家になっていませんでした？」

「恐らく、ね」

ライリーの住まいは、三十二階建てのタワーマンションにある。

「凄い高さ。何階にお住まいに？」

「最上階に住んでいる」

「ひょっとして、大金持ち?」

「大金持ちではないが、世界チャンピオンになった年に買った」

「世界チャンピオン!」

「驚いた?」

「はい」

エレベーターに乗って、最上階の、ライリーの部屋に入った。

「わー、広い」

「リビングは、三十畳ある」

「ソファーに座っても、よろしい?」

「遠慮しないで」

U字形のソファーに、エリンは座った。

「アルコールは?」

「頂きます」

「ビールでいいかな?」

「はい。それで結構です」

ライリーは、テーブルの上にビールを置いて、エリンの隣に座った。

「ここ、気に入った？」

「はい。住めたら最高だと思います」

「一人暮らしをしているの？」

「ワンルームマンションで、一人暮らしです」

「ワンルームだと狭いね」

「狭いです」

「遊びにきて、構わないよ」

「お付き合いをしている人は？」

「友だちはいるが、彼女はいないよ」

「どうして、作らないのです？」

「好きな人に、巡り合っていないのさ」

「女嫌いでは、ないのですね？」

「もちろん、嫌いじゃない」

「立候補しようかな」

「可愛いのに、恋人がいないの？」

「募集中です」

「町で声をかけられるだろう？」

「声をかけてくるような人は、彼氏には不向きですよ」

「確かに、そうだね」

「私のこと、どう思います？」

「気に入っているよ」

「どれくらい、気に入っています？」

「点数にすると、八十点」

「百点ではないのですね」

「まだ、体の相性を、確かめていないからね」

「体の相性って、あるのですか？」

「あるんじゃないかな」

「確かめてみません？」

「積極的だね」

「はい」

「セフレ感覚？」

「いいえ、恋愛感覚です」

「確かめてみよう」

「その前に、キスを」

「今？」

「はい」

「急ぐね」

「あとにしましょうか？」

「今でも構わないよ」

エリンが目を閉じると、二人の唇がかさなった。

口づけは、数分間、続いた。

「風呂に入ろう」

「喜んで」

浴槽の湯の中で、二人はカブースになった。

「ああ、気持ちいいです」

「クリトリスを愛撫するね」

「お願いします」

愛撫を始めた。

「堪らない快感！」

「仕事を、まだ聞いていなかったね」

「スーパーで、店員として、働いています」

「何年働いている？」

「高校を出てからですから、三年です」

「ずっとその仕事を、続けていくの？」

「分かりません。——一応、漫画家を、目指していますので」

「漫画家か……」

「なかなか芽が出なくて」

「漫画を描くのが好きなら、諦めずに頑張るべきだ」

「はい」

「どんな漫画を、描いているの？」

「少女漫画を描いています」

「仕事を辞めて、僕と結婚しないか。——そうすれば一日中、ここで漫画を描けるよ」

「本当ですか？」

「気が済むまで、描けばいい」

「私、ライリーさんが好きです」

「なら、バスタブから出て、バックで一つになろう」

――エリンはバスタブの縁に、両手をついた。

「早く、挿入してください」

ライリーは、要望にこたえた。

「とっても、幸せです」

「ピストン運動を、開始するよ」

ライリーは、リズムよく、腰を動かした。

「もっと、速度をあげてください」

「これが、最高速度だ」

「こんなセックス、初めてです」

「ゴールしていいよ」

「ああ、もう……、イ、イッ、イキます！」

――一年後。

二人は夫婦になり、エリンは、某漫画雑誌の新人賞を受賞した。

未亡人エリザ

休日の昼下がり、近所の銀杏公園で、女に声をかけられた。

「こんにちは。エリザと言います」

「こんにちは。ディランと言います」

「お近くの方？」

「はい。近くの者です」

「私も、近くに住んでいます」

「どちらに？」

「公園を出たところにある、Ｔマンションです」

「僕も、そのマンションの住人です」

「何階？」

「二階です」

「私も二階です。――昼食は、もう、お済みになりました？」

「これからです」

「ご一緒に、如何です？」

「外食？」

「いいえ。一人では食べきれない量のカレーを作ってしまったので、食べるのを、手伝っていただけないか、と」

「何号室ですか？」

「二号室です」

「僕は、お隣の三号室です」

「ぜひ、お寄りください」

「それでは、遠慮なく」

このマンションの部屋の間取りは、全室１ＬＤＫである。

通された居間には、カレーの匂いが、立ち込めていた。

「いい匂いがしますね」

「ダイニングテーブルで、食べましょう」

――食事が始まった。

「いつから、このマンションに？」

「二か月前からです」

「僕は、一年になります」

「二か月間、お互いの存在に、気がつきませんでしたね」

「これからは、交流が深められますよ」

「お隣同士ですものね」

「お歳をお聞きしてもよろしい？」

「二十六歳です」

「僕は、二十七歳です」

「お仕事は、何を？」

「食品メーカーに、勤めています」

「私は、アパレル会社に勤めています」

「お勤めは、順調ですか？」

「はい、好きな仕事なので」

「それはいい」

「カレーの味は、如何です？」

「とても、美味しいです」

「まだ、ありますので」

「ありがとうございます」

「よろしければ、毎日、夕食をご一緒にしません？」

「さすがにそれは、ご迷惑では？」

「一人で食事をするのが、寂しいのです」

「実家は、どちらです？」

「ここから三百キロ南の、フェルミです。それで、一人暮らしをしています」

「平日は、何時にお伺いしたら？」

「七時は？」

「その時刻には、帰宅しています」

「これで、夕食が楽しみになります」

「僕も同感です」

ディランは、カレーライスのお代わりをした。

「現在、交際なさっている女性は？」

「いません」

「でしたら、時々、お泊りください」

「……」

「私では、その気になれませんか？」

「そうではなく、僕たちは、今日知り合ったばかりですから」

「私は、お会いした瞬間に、恋に落ちました」

「エリザさん、実は僕も、あなたに恋心を抱いています」

「だったら、私たちは、恋人同士ということになります」

「確かにそうですが、もう少しお互いを、知ってからでも、遅くないと思います」

「分かりました」

カレーを食べ終えたディランが、立ち上がった。

「もう、お帰りに？」

「初日ですから、この辺で」

「つまらないわ」

「では、キスだけ」

エリザも立ち上がり、目を閉じた。

二人は、静かに唇をかさね、数秒後にほどいた。

「では、明日の七時に」

「お待ちしております」

二人は、別れを惜しむように、もう一度、唇をかさねて別れた。


——交際が始まって、二か月が経った。

この日も、エリザの部屋で、夕食を共にした。

「今日は、これまでお話ししていなかった話をします」

エリザが、神妙な表情を浮かべた。

「どうぞ」

「実は私、結婚していました」

「今は、お一人でしょう？」

「はい。一人です」

「それでしたら、何の問題もありませんね」

「驚かれました？」

「少し、驚きました」

「半年前に、夫を亡くしたのです」

「未亡人?」

「そうです」

「ご主人は、お幾つでした?」

「私と同じ歳でした」

「ご病気?」

「不治の病でした」

「それで、寂しさを埋めるために、僕と夕食を?」

「いいえ、それは誤解です」

「僕に対する愛を、信じていいのですね」

「もちろんです」

「お言葉を、信じます」

「食事のあと、それを証明したいと思います」

「セックス?」

「はい」

「そろそろ、こちらからお誘いしようと、思っていました」

「それでは、今夜ということで」

「了解しました」

——食事のあと二人は、浴室で裸になった。

「たくましいお体ですね」

「会社にトレーニングルームがありまして、そこで鍛えています」

「胸を触っても、よろしい？」

「はい」

ディランは、胸の筋肉を動かした。

「凄いですわ。素敵です」

——二人は、浴槽の湯の中で、カプースになった。

ディランの右手が、エリザの恥骨の下に動いた。

「クリトリスを、愛撫しますね」

右手の中指と人差し指で、愛撫を始めた。

「とっても、気持ちいいです」

「ニップルも、愛撫します」

左手の二本の指で、愛撫を始めた。

「堪らない快感です」

「幸せ？」

「幸せです。――ところで、一つ質問があります」

「何です？」

「私との結婚を、お考えになれます？」

「どうして、そのようなご質問を？」

「私の方は、二度目の結婚になりますから」

「僕は、気にしていません」

「本当に？」

「あなたを幸せにすることしか、頭にありませんから」

「素敵なお言葉に、感動しました」

「ベッドに行きましょう」

ディランは、エリザを抱いていった。

「ウーマンオントップで、お願いします」

エリザは、仰向けになったディランの体を跨いだ。

「この体位が、お好きなのですね」

「はい」

「どうしてです？」

「男性が果てる時の表情を見るのが好きで」

「その表情を見ながら、エリザさんも果てるのですね」

「そうです」

「男も、女性が果てる時の表情を見ると、興奮が一挙に高まります」

「イキそうですわ」

「どうぞ、イッテください」

「ああ、もう……、イ、イッ、イキます！」

二人は、互いの顔を見つめながら、登山を終えた。


——一年後。

二人は夫婦になり、男の子を授かった。

「あなたと結婚して、本当によかったわ。ありがとう」

「それは、僕が言いたい台詞だ」

「幸せな家庭を、築きましょうね」

——こうして、さらに一年後には、今度は女の子に恵まれた。

ラブカクテルD

イライジャが経営する、閉店間際のショットバーに、女が来店した。

「いらっしゃいませ」

「ラブカクテルDを、お願いします」

「かしこまりました。——少々、お待ちください」

イライジャは、店のシャッターを下ろし、オリジナルカクテルを作って出した。

「どうぞ」

「頂きます」

女は、カクテルを一口飲んだ。

「オーナーのイライジャです」

「エリーと言います」

「お歳は？」

「二十五歳です」

「当店を、どこでお知りに？」

「風の便りに聞きました」

「皆さん、そのように、おっしゃいます」

「カクテルには、媚薬が入っているのですね」

「高級ブランド媚薬が、入っています」

「どれくらいの時間で、効き目が？」

「半時間もすれば」

「媚薬の持続時間は？」

「六時間ほどです」

「私、一週間前に、失恋しました」

「それで、当店に？」

「そうです」

「お相手の方は？」

「ＳＮＳで知り合った人でした」

「その方のお歳は？」

「二十七歳でした」

「交際期間は？」

「二年ほどです」

「結婚を前提にした交際でした？」

「いいえ、お互いに結婚は、考えていませんでした」

「お別れになった原因は？」

「彼の浮気でした」

「許すことができなかった？」

「私は、嫉妬深い女ですから」

「大喧嘩をなさった？」

「初めて、男の人の顔を叩きました」

「相手の女と、お会いになりました？」

「三人で会って、話をしました」

「それは、大変でしたね」

「私は彼に、選択を迫りました」

「彼は、困ったでしょう」

「困った末、浮気相手を、選びました」

「納得できました？」

「彼を愛していましたから、悔しさだけが、残りました」

「お気持ち、よく分かります」

「ところで、マスターは、独身かしら？」

「独身です」

「結婚なさったことは？」

「ありません」

「現在、恋をなさっています？」

「ここ五年は、していません」

「お店を始められたのは、いつ？」

「八年前にオープンしました」

「その時、お幾つだったのですか？」

「二十七でした」

「ラブカクテルは、いつから？」

「五年前からです」

「三十歳までは、恋をなさっていた？」

「はい」

「最後のお相手とは、どこで、お知り合いに？」

「当店で」

「お別れになった理由は？」

「彼女は、人妻でした。ご主人に知れて、破局しました」

「それから、ラブカクテルを？」

「そうです」

「媚薬が、効いてきました」

「二階に、参りましょう」

イライジャは、エリーを二階の住まいに案内した。

居間の奥の寝室に、ダブルベッドがあった。

「ご一緒に、お風呂に」

「はい」

シャワーのあと、二人は、ラスティレッグリフトの体位になった。

「幸福の滝に打たれています」

「いつものセックスの、数倍の快感が得られますよ」

「キスしてください」

エリーの理性は、ラブカクテルで完全に麻痺していた。

二人は、互いの唇を、激しく奪い合った。

「股関節が、とても、柔らかいですね」

「数年前から、ヨガをやっていますので」

「この体位、できない人がたくさんいますから」

「私も、ヨガをする前でしたら、できなかったと思います」

このあと、浴槽に場所を移して、カブースになった。

イライジャは、ブレストに両手を回した。

「ああ、気持ちいいです。――堪らない快感！」

「媚薬の効能で、ほぼ全員の方が、失神なさいます」

「楽しみです」

「ベッドに移動しましょう」

イライジャは、エリーを寝室に運んだ。

「ウーマンオントップの体位で、お願いします」

イライジャが仰向けになると、エリーが彼の体を跨いだ。

――そして数分後、彼女は失神した。

翌朝二人は、ほぼ同時に、目を覚ました。

「お別れになった彼と、今後どうなることを望まれます?」

「というと?」

「リセットが可能ですが」

「できますの?」

「はい。少々お時間をいただくことになりますが」

「では、その方向で、お願いします」

「彼の名前と住所、携帯の番号、それに、浮気相手の女の名前を、教えてください」

エリーがこれに答えると、イライジャは、寝室の外で、何者かに電話をして戻ってきた。

「一か月ほどお待ちになれば、彼とやり直せるようになると思います」

「料金は、お幾らに?」

「二十万パーティクルになります」

「ありがとうございました」

エリーは、最後にもう一度、イライジャと唇をかさねて、店をあとにした。

——一か月が経った。

仕事が休みの日、エリーの自宅のインターホンが鳴った。

画面に、別れたタイムの顔が映し出されていた。

「話がある。中に入れてくれるかな」

「ちょっと、待って」

タイムは、以前付き合っていた頃より、少しやせていた。

居間のソファーに隣り合わせに座って、話をした。

「スペースと別れた」

スペースは、タイムの浮気相手の女である。

「どういうこと?」

「彼女に男ができた」

「酷い女ね。早すぎない?」

「突然の話だった」

「相手の人は、どんな人?」

「三十代半ばの男だと言っていた」

「きっと、お金持ちの人ね」

「そうだろうな」

「それで、私とやり直しに？」

「駄目かな？」

「構わないわよ」

「いいのか」

「意外？」

「普通、簡単には許さないだろう」

「そうね」

「お前を傷つけてしまったこと、謝るよ」

「嫌なことは、忘れましょう」

「心が広いな」

「前より好きになってね」

「ああ」

「泊まっていく？」

「お前さえよければ」

「一緒に、お風呂に入りましょう」

「いいね」

――二人の関係は、リセットされた。


数日後、閉店間際のイライジャのショットバーに、エリーが来店した。

「いらっしゃいませ」

カウンター席に座った。

「お陰様で、彼とやり直すことができました」

「それはよかったですね。――何か飲みます?」

「ラブカクテルは、駄目でしょう?」

「お祝いに、サービスします」

「ありがとうございます」

「お泊まりになりますね」

「もちろんです」

――イライジャが、店のシャッターを下ろした。

隣室のカーター

土曜日の夕方、部屋を出ると、隣室の青年も偶然、廊下に姿を現した。

青年は、背が高く、顔が小さかった。

「こんにちは」

彼女から、明るく声をかけた。

「こんにちは」

青年の爽やかな声が、廊下に響いた。

「いつから、このマンションに？」

ミーラが尋ねた。

「一週間ほど前からです」

礼儀正しい口調だったので、ミーラは、好感を抱いた。

「ミーラと言います。よろしくお願いします」

「カーターと言います。こちらこそ、よろしくお願いします」

「失礼ですけど、独身かしら?」

「はい」

「私も独身です」

「一週間前まで、ここから五百キロ北の、ニュートンと言う町に住んでいたので、この地区には、土地勘がまったくありません。色々教えていただければ、助かります」

「私は、この町ボースで生まれ育ったので、何でも遠慮なく聞いてください」

「早速ですが、近くに食堂はありますか?」

「今からお食事?」

「そうです」

「ファミレスならありますが――」

「場所は?」

「マンションを出て左手にある、A商店街を百メートルほど北に行くと、右手にあります」

「ありがとうございました」

「私も食事に行くところなので、ご案内します」

ミーラが説明した通りの場所に、ファミレスがあった。

二人掛けテーブルについて、向かい合った。

「どれにしようか、迷いますね」

「私はいつも、ハンバーグ定食を注文しています」

「僕も、同じものにします」

ミーラが注文すると、五分ほどして、それが届いた。

「お歳は？」

ミーラが、積極的になった。

「二十八歳です」

「私は、二十六歳です」

「お美しいですね」

「お世辞がお上手」

「僕は、事実しか言わない人間です」

「お言葉を、信じます」

「交際なさっている方は、います？」

「いません。――現在、募集中です」

「僕も、同じく募集中です」

「そろそろ落ち着いた、大人の恋がしてみたいと思っています」

「同感です」

「明日の日曜、私の部屋で、夕食をご一緒に如何です？」

勇気を出して、ミーラが誘った。

「ご迷惑では？」

「とんでもありません」

「何時に伺いましょう？」

「六時では？」

「では、その時間に、お伺いします」

「お待ちしています」

「ところで、ご実家は、どちらです？」

「ここから、北に歩いて、十五分の距離です」

「でしたら、ご実家でお暮しの方が、経済的では？」

「一年前までは、実家にいましたが……」

「居づらくなる理由でも？」

「両親から毎日、結婚しろと言われて、喧嘩が絶えませんでした」

「お見合いなども、なさいました？」

「はい。親戚に、世話好きな伯母さんがいて」

「どこの親戚にも、そういう人がいますね」

「どうしても、恋愛結婚がしたくて」

「すべて、お断りに？」

「いいえ、お一人とだけ、お見合いをしました」

「容姿がよかったから？」

「そうですね」

「どうでした？」

「姿形は合格でしたが、重度のマザコンで」

「女性は、マザコン男性を嫌いますね」

「どうしても、その項目の採点が厳しくなります」

「僕も一度だけ、見合いをした経験があります」

「一度だけ？」

「容姿は、ミーラさんと同じくらいきれいな方でした」

「何が悪かったのです？」

「ひどく無口で、コミュニケーションが取れませんでした」

「貴重なお話、ありがとうございました」

「明日、六時にお伺いしますので、よろしくお願いします」

――翌日、ミーラの部屋を訪ねた。

「来てくださって、とても嬉しく思います。どうぞ中へ」

ダイニングテーブルを挟んで、二人は向かい合った。

ミーラが用意した料理は、カレーライスである。

「カレーは、大好物です」

「たくさん作りましたので、お代わりしてください」

「はい」

食事をしながら、話を交わした。

「因みに、お仕事は？」と、ミーラが尋ねた。

「建築事務所に勤めています」

「私は病院で医療事務を」

「ファミレスで、恋愛結婚をしたいとおっしゃっていましたが、間違いありません？」

「はい。――特に昨日から、その気持ちを強くしています」

「昨日から？」

「正確に言いますと、カーターさんとお知り合いになってから」

「実は僕も昨日から、結婚をつよく意識するようになりました」

「本当？」

「本当です」

「嬉しいですわ」

「どのような交際を、望まれます？」

「真面目なお付き合いを、希望します」

「真面目な交際というのは、真剣交際ということですね？」

「重く感じます？」

「いいえ」

「光栄です」

「これまでは、どのような交際を？」

「恋愛そのものを楽しむ、交際をしていました」

「楽しかったですか？」

「楽しかったですが、何も築けませんでした」

「思い出は、残ったでしょう?」

「それは人並みに」

「二十代前半の恋愛は、それでいいように思います」

「カーターさんも、楽しみました?」

「はい。何も築けませんでしたが……」

二人は、見つめ合って笑った。

「交際を始めるにあたって、一つ、確かめておきたいことが」

「何でしょう?」

「ミーラさんとの、肉体的な相性です」

「それはとても、大切なことだと思います」

「食事のあとに、如何です?」

「異議なしですわ。——実は過去に、セックスの相性が悪かった方がいました」

「どう合わなかったのです?」

「私は、アナルセックスができないのです」

「それを求められた?」

「はい。——苦痛でしかありませんでした」

「僕には、そんな性的嗜好はありませんから、ご安心ください」

「安堵しました」

二人は食事のあと、一休みして、浴室に向かった。

脱衣場で服を脱ぐと、唇をかさねた。

「キスは、如何でした?」と、カーターが尋ねた。

「いいと思います。というより、キスがお上手ですね?」

「それはどうも――」

シャワーのあとミーラは、バスタブの縁に、両手をついた。

「もう少し、両脚を開いてください」

「これでよろしい?」

「はい。――バックで合体しますね」

「深く入れてください」

深く入れた。

「ああ、気持ちいいです」

「ピストン運動を始めます」

「堪らない快感、素敵!」

「Ｐスポットを攻めていますから、深い官能を得られますよ」

「とっても、幸せです」

「ピストン運動の速度を、上げていきます」

腰を激しく動かした。

「私たちの体の相性は、とてもいいですね」

「ピッタリです」

「カーターさんに出会えて、本当にラッキーでした」

「有意義なお付き合いができると思います」

「私も、同感です」

「イキそうですか？」

「はい」

「僕も、ゴールの手前にいます」

「カーターさん、もう……」

「では、ご一緒に」

「ああ、イ、イッ、イキます！」

——二人の真剣交際が、スタートした。

家庭教師のルーイ

四月の上旬、ルーイの業務用携帯電話が鳴った。

「お電話ありがとうございます。――プロ家庭教師のルーイでございます」

「中学三年生の、娘の家庭教師をお願いしたいのですが」

静かな母親の声が聞こえた。

「ご依頼の指導教科は？」

「数学をお願いします」

「週何回の授業を？」

「二回で考えております」

「何曜日にいたしましょう？」

「火曜と金曜は、如何です？」

「お引き受けできます。――お時間は？」

「七時から九時までの、二時間で」

「かしこまりました。――授業開始日は、いつからがよろしいですか?」

「明日の火曜日から、お願いしたいのですが」

「では、ご住所とお名前を、お願いいたします」

翌日の七時、一戸建ての家のインターホンを鳴らした。

ドアが開き、母親が姿を見せた。

「はじめまして。家庭教師のルーイです」

名刺を手渡した。

「道に迷われませんでした?」

「大丈夫でした」

「どうぞ中に、お入りください」

ダイニングスペースに、娘がいた。

「こんばんは」

ルーイは、笑顔で挨拶をした。

「先生、こんばんは」

娘の明るい声が、返ってきた。

母親は、キッチンに向かった。

「コーヒーを淹れますので、娘の向かいにでも、お座りになってください」

ルーイは、テーブルを挟んで生徒と向かい合った。

「名前を教えてくれる？」

「スペースと言います」

「先生の名前は、ルーイ。——よろしく」

「やさしそうなので、安心しました」

「先生も、君が明るいので、安心したよ」

母親が、淹れたてのコーヒーを、ダイニングテーブルの上に置いた。

「どうぞ」

「遠慮なく頂きます」

スペースの隣に、母親のジェンが座った。

「ご主人は、お仕事ですね？」

「いいえ。主人は、ニュートンに単身赴任をしております」

「では、お二人でお暮しに？」

「そうです」

「ご主人の単身赴任は、いつからです？」

「二年前からです」

「時々、帰って来られるのですね」

「いいえ、主人は、あちらで、愛人を作っています」

愛人という言葉に、ルーイは驚いた。

「何かの間違いでは？」

「本人の口から、電話で聞きました」

「先生、パパはもう、私たちのことを忘れていると思います」

「娘の言う通りです」

「承知しました」

「主人の話はこれくらいにして、勉強の話をしましょう」

「数学が苦手なのですね？」

「他の教科と比べて、数学だけが。――これが、一年二年の通知簿です」

五段階評価で、数学だけが３で、他は５だった。

「よくできるお子様ですね」

「これが、一二年の時の、数学の定期テストです」

ルーイは、それに目を通した。

「高校入試まで、先生と一緒に頑張ろうね」

ルーイは、こうスペースに声をかけた。

「はい、よろしくお願いします」

「この子の部屋は、二階です」

「かしこまりました」

「先生、行きましょう」

――彼女の部屋で、二時間の授業を行った。

「先生の教え方、どうだった？」

「よく分かりました」

「それは、よかった」

二人は、一階に下りた。

母親が、二杯目のコーヒーとスイーツを、テーブルの上に置いた。

三人で、話を交わした。

「スペース、授業はどうだった？」

「とてもよかったわ」

「じゃ、ルーイ先生に、お願いしましょうね」

「うん」

「先生、よろしくお願いします」

「こちらこそ、よろしくお願いいたします」

「失礼ですが、先生のお歳は？」

ジェンが、微笑みながら尋ねた。

「三十歳です」

「ご結婚は？」

「まだ、です」

「独身主義？」

「いいえ。いい人との出会いがあれば、結婚するつもりでいます」

「恋人もいませんの？」

「いません」

「マンションに、お住まいですか？」

「そこで、一人暮らしをしています」

「失礼ですが、賃貸？」

「そうです」

「ワンルーム？」

「はい」

「でしたら、うちの二階の空き部屋をお使いください」

「その部屋は、ご主人のお部屋なのでは？」

「もううちには、帰って来ませんから、今夜からでも、どうぞ」

「今夜から？」

「スペースは、どう思う？」

「私も、ママの意見に賛成」

「女二人では、とても不安なのです」

「ですが、今夜からというのは、難しいですね。着替えの衣類も持ってきていませんし」

「では、次の授業の日からということにしましょう」

「承知しました」

――金曜日に、ルーイは、衣類などを詰め込んだキャリーケースを持参した。

ジェンが、コーヒーを淹れた。

「今夜からお世話になります」

ダイニングテーブルを挟んで、親子と向かい合った。

「私たちを、家族だと思ってください」

「ご主人との今後は？」

「ご心配には、及びません。昨日、主人から電話がありました」

「どのようなお電話でした？」

「離婚してほしいということでした」

「それで、奥様は？」

「離婚の決心を、固めました」

「すっきり、なさいました？」

「はい。すっきりしました」

「君は、お父さんがいなくなっても平気？」

「平気です」と、スペースは答えた。

「それなら、いいけど」

「コーヒーを飲み終えたら、主人の部屋に案内します」

二階の空き部屋には、ベッド以外には何もなかった。

「授業のあと、クローゼットの中に、荷物を収めてください」

授業が終わったのは、九時半頃で、スペースに手伝ってもらいながら、キャリーケースの荷物を、クローゼットの中に仕舞った。

「先に、お風呂に、お入りください」

ジェンが、部屋にやってきた。

「私は、最後で結構です」

「遠慮なさらないで」

「それでは、お言葉に甘えて」

浴室は二階である。

広い洗い場でシャワーを浴びていると、全裸のスペースが入ってきた。

「驚かせるなよ。——お母さんは、知っているの？」

「もちろんです。ママが先生と一緒に入りなさいって、言いました」

二人は、シャワー入浴を始めた。


——暫くすると今度は、ジェンが浴室に入ってきた。

「これで、先生と私たち親子は、一つの家族になれそうですね」

「お体を洗います」

「私も、洗います」

「ママ。私、見学していい？」

「いいわよ」

二人は立ったまま、手のひらで、互いの体を洗った。

「とてもたくましいお体ですね。――何かスポーツを？」

「週二回、ジムに通っています。――奥様のお体も、締まっていて美しい」

「週二回、エアロビ教室に通っています」

十分もすると、二人の全身は、白い泡に包まれた。

「バスタブの縁に、両手をついてください」

「これで、よろしい？」

「もう少し、両脚を開いてください。――アナルを愛撫します」

「指で？」

「そうです」

「アナルを愛撫されるのは、初めてです」

「指に石鹸がついていますから、簡単に挿入できます」

「ひとりエッチの時には、自分の指を入れていますが」

「浴室で、なさっているのですね」

「はい」

「如何です?」

「気持ちいいです」

「ゆっくり、ピストン運動を始めますね」

「お上手。続けてください」

――十数分が経った。

「ヴァギナに、ペニスを挿入します」

「深く入れてください」

「承知しました」

「ああ、とっても、気持ちいいです」

「Pスポットを刺激しますから、深い快感が得られますよ」

「堪らない快感です」

「クリトリスも、愛撫します」

愛撫を始めた。

「なんて、気持ちがいいのかしら」

「初めてですか、この快感?」

「初めてです。――先生はまさか、私を愛しています?」

「一目見た瞬間に、恋に落ちました」

「実は、私もそうです。――十七歳の歳の差は、気になりません?」

「まったく、気になりません」

「よろしければ、近い将来、私の夫になってください」

「私から、お願いしたいくらいです」

「スペース、先生の言葉、聞こえた?」

「うん。嬉しいわ」

「ピストン運動を、始めます」

「とっても、気持ちいいです」

「お母さんきれいよ」

「ゴールしてください」

「先生、ああ、もう……、イ、イッ、イキます!」

――一年後ルーイは、正式な家族の一員になった。

来談者ベラ

タワーマンションの二十三階に、美しい来談者が現れた。

恋愛カウンセラーのトビーは、笑顔で彼女を迎えた。

「午後八時予約のベラです」

「お待ちしていました。カウンセラーのトビーです。どうぞ、中へお入りください」

トビーは、広いリビングルームの中央にある、応接用ソファーに彼女を座らせた。

「ご相談内容は、ご主人の浮気でよろしいですね？」

キッチンから尋ねた。

「そうです」

淹れたてのコーヒーをテーブルの上に置いて、彼はベラの向かいに座った。

「いつから浮気を？」

「一年前からです」

「相手は誰です？」

「秘書です」

「秘書の年齢を、ご存知ですか？」

「私より五歳下の、二十五歳です」

「お会いになったことは？」

「ホームパーティーを開いた時に、会いました」

「どんな女性でした？」

「きれいな女でした」

「ベラさんもおきれいですよ」

「ありがとうございます。——でも、彼女には、若さという武器があります」

「ご主人のお仕事は？」

「AI開発会社の社長です」

「経済力があるのですね。——結婚されて何年に？」

「五年です」

「浮気の期間がどれくらいか、ご存知ですか？」

「一年ほどだと思います」

「ご主人の携帯を、ご覧になった？」

「ロックナンバーを知っていましたので」

「何かご主人に、不審な点が？」

「ワイシャツの襟に、口紅がついていました」

「ご主人を、問い詰めました？」

「いいえ、問い詰めていません」

「それはまた、どうして？」

「夫と離婚する気がないからです」

「理由は？」

「夫の経済力に頼って生きていますので」

「なるほどね」

「今後も、ご主人を問い詰めるお気持ちは、ないのですね？」

「知らない振りをしようと思います」

「それでは、奥様がここに来られた理由が、分かりません」

「肉体的な癒しを求めて、こちらに参りました」

「というと？」

「主人の浮気を知ってから、セックスから遠ざかっています」

「ご主人とセックスができなくなっている？」

「はい、そうです」

「しかし、そのようなカウンセリングは、いたしておりません」

「それは存じております。特別に、お願いしたいのです」

「困りましたね」

「十万パーティクルを、お支払いいたします」

「検討させてください」

「では、その間に、主人との馴れ初めをお話しします」


ベラが夫のタイムと出会ったのは、二十四歳の時だった。

当時、彼女はパトロンを求めて、某高級デートクラブの会員となっていた。

美しかったので、会員登録後、すぐにオファーがあった。

男性と、ホテルのバーで待ち合わせた。

「初めまして。ベラです」

「タイムです」

二人掛けテーブルを挟んで座り、マルガリータを注文した。

「レースクイーンをしているだけあって、きれいだね」

「ありがとうございます」

「どうして、デートクラブの会員に？」

「パトロンになっていただける方と、お付き合いをしたくて」

「はっきりした目的が、あるのだね」

「軽蔑していません？」

「まったくしてない」

「お歳は三十四歳？」

「うん。――君は二十四だったね」

「はい」

「君から見ると、僕は、おじさんだね」

「というより、とても洗練された紳士に見えます」

「洗練された紳士か。――いい表現だ」

「プロフィールに、独身とありましたが」

「嘘じゃないよ」

「独身主義ですか？」

「いいや。――相性の合う人と出会ったら、結婚するつもりだ」

「洋服を買う時の難しさに、似ていますね」

「上手い表現だ」

「私の印象は、如何です？」

「素敵だ」

「本当ですか！」

「本当だとも」

「お付き合いを、お願いします」

「月の小遣いは、どれくらいの額がいい？」

「二十万パーティクルあれば」

「三十万パーティクルにしよう」

「そんなに？」

「君は、それだけの値打ちのある女性だ」

「恐縮です」

「このあと、朝まで一緒にどうだい？」

「喜んで」

「行こうか」

ダブルルームに入ると、二人は脱衣室に向かった。

「脱がせてあげるよ」

「汗で下着が濡れていますから、自分で脱ぎます」

「私の我儘を、聞いてほしい」

「では、お願いします」

トビーがベラを裸にすると、次にベラが、トビーの衣類を脱がせはじめた。

「上手に脱がせるね」

「経験を積んでいますから」

「さすがだ」

ベラは最後に、トランクスを脱がせた。

「お元気ですね。びっくりしました」

「君を裸にした時点で、たくましくなった」

「健康な証拠です」

シャワーが終わると、バスタブの湯の中で、カブースになった。

「ああ、気持ちいいです」

「クリトリスを、愛撫するよ」

愛撫を始めた。

「堪らない快感！」

「素晴らしい感度だ」

「お付き合いを、お願いします」

「そのつもりだ」

「もう……、イ、イッ、イキます！」

――二人は、一年後に結婚した。


――トビーが尋ねた。

「出会った日に、ご主人と、恋に落ちたのですね」

「そうです。年齢差は十歳ありましたが、愛していました」

「先ほどの件ですが、ご対応いたします」

「感謝します」

「とんでもない。――ベラさんほどの美しい女性を、私は知りません」

「最高の褒め言葉、ありがとうございます」

浴室でベラは、バスタブの縁に両手をついた。

「挿入しますね」

「気持いいです」

「ピストン運動を始めます」

腰を動かした。

「深く、突き刺すように、お願いします」

「これで如何です?」

「Pスポットに亀頭が当たって、とても感じています」

「クリトリスを愛撫します」

愛撫を開始した。

「なんて素敵なセックス」

「男冥利に尽きます」

「幸福の滝に打たれているようです」

「よろしければ、浮気相手とご主人を、別れさせましょうか?」

「できますの?」

「追加料金を、いただくことになりますが」

「構いません。幾らでも出します」

「少しお時間を、ください」

「ああ、もう……、イ、イッ、イキます！」

——二人はまもなくして、至福の丘を駆け上がった。


——一か月後の夜、トビーは、ベラと再会した。

「主人が女と別れましたので、ご報告に」

「それはよかった」

「これを」

五十万パーティクルの現金の入った封筒を、ベラは応接用テーブルの上に置いた。

「お受け取りいたします」

「ここに来る前に、下着を替えてまいりました」

「ご一緒に、シャワーを浴びましょう」

——トビーは笑顔を浮かべながら、ベラを抱いて、浴室に向かった。

ローラの接客係

旅を始めて二年が経った夕暮れ時、ニュートンという小さな町に到着した。

五階建てのホテルが、すぐに見つかった。

フロントでシングルルームを取り、接客係の美女と、エレベーターで三階に上がった。

「夜を一緒に過ごしてくれる女性の手配を、お願いできるかな？」

「それでしたら、私で如何でしょう？」

「君が？」と、ベンは驚いて尋ねた。

「私では、ご不満？」

「そうではなく、君がそういう仕事まですることに、驚いている」

エレベーターが五階で止まった。

「私だけ、特別なのです」

「特別とは？」

「夜のお相手を、特別に許可されています」

「どうして、許可されている？」

「それは、私にも分かりません」

５０５号室に、二人で入った。

「君でいいよ」

「お金を稼ぎたいので、助かります」

「分かりやすい理由でいい。――名前は？」

「ローラと言います」

「ローラ、よろしく頼むよ」

「かしこまりました。――何時くらいに、お伺いすれば？」

「九時くらいがいい」

「料金は朝六時までで、二万パーティクルになります」

「了解」

「夕食は、お部屋でなさいます？」

「そうだね。ルームサービスを利用するよ」

「メニュー表は、ベッド脇のテーブルの上にございますので、電話でルームサービス係にお申し付けください」と、ローラは、説明した。

「ありがとう」

「では、また九時に」

——約束の時間通りに、ローラが部屋に来た。

二人は、ベッドに腰かけた。

「ここで働いて、長いの？」

「二年です」

「それまでは、何を？」

「主婦をしていました」

「過去形だね」

「離婚しました」

「それで働くようになった？」

「はい。働かざるを得なくなりました」

「歳を聞いてもいい？」

「二十四歳です」

「若いね」

「二十歳の時に結婚し、二年で別れました」

「元旦那さんも、若かったの？」

「同じ歳でした」

「二人ともが、若かったのだね」

「別れた原因は、彼が女遊びに夢中になったからです。子供を育てる生活が、重荷だったのでしょう。女に逃げました」

「別れてから彼は、どうした？」

「知りません」

「お子さんは今、四歳？」

「はい。私の宝物です」

「仕事をしている間、どこかに預けているの？」

「実家の両親が、面倒を見てくれています」

「君も、世話になっているのだね？」

「そうです。子供が小さいので、どうしても両親に頼らざるを得ません」

「いいご両親だね」

「両親の反対を押し切って結婚したのですが、離婚してからは、私の心の支えになってくれています。本当に親というのは、ありがたいです」

「自分が親になってみて、ご両親の気持ちが、分かったのでは？」

「その通りです。——ところでお客様は、お仕事でニュートンに？」

「二年前から、旅をしながら、仕事をしている」

「旅をしながら？」

「職業は、小説家だ。ノートパソコンで書いている」

「小説家の方とお会いするのは、初めてです」

「他の職業に比べて、人数が少ないからね」

「どうして、小説家の道に？」

「十代の頃から、小説を書くのが好きで書いていた」

「その頃から、小説家を目指されていたのですか？」

「うん、憧れに近い感情だったが、目標にしていた」

「いつ一人前の小説家に？」

「三十の時に、ある文芸誌の新人賞を受賞した」

「どんなものを、お書きになっています？」

「ラブミステリーや、ラブファンタジー」

「失礼ですけど、売れています？」

「ペンネームは、タイムと言うのだが、知らない？」

「知っています。——今は、忙しくて読書をする時間がありませんが、もう少し子供が大きくなったら、必ず読みますので」と、ローラは言った。

「ありがとう。子供さんは、男の子？」

「女の子です」

「名前は？」

「スペースと言います。——もしよろしかったら、私と私の家族をモデルに、小説を書いてください」

「考えてみるよ」

「キスしてもよろしい？」

「許可はいらない」

二人は、唇をかさね、数分後にほどいた。

「初めてキスをしたのは、いつでした？」

「高校の時だった」

「お相手は誰？」

「同じクラスの子だった」

「きれいな子でした？」

「可愛い子だった」

「もちろん好きだったのでしょう？」

「そうだね」

「お相手の子も、先生が好きでした？」

「拒まなかったから、嫌いではなかったと思う」

「場所は、どこで？」

「学校の近くの、ケヤキ公園で」

「先生が、お誘いに？」

「キスをするならそこと、決めていた」

「キス以上には、発展しませんでした？」

「純情だったから、それ以上のことはできなかった」

「いいお話ですね」

「忘れられない思い出だよ」

「私の初キスも、高校時代でした」

「相手は、クラスメイト？」

「一学年上の、先輩でした」

「どこで知り合ったの？」

「彼はサッカー部の花形選手で、私はマネージャーをしていました」

「彼がサッカー部にいたから、マネージャーに？」

「おっしゃる通りです」

「キスは部室で？」

「はい。練習後に、二人だけになった日があって」

「彼も、君が好きだった？」

「そう言っていましたけど」

「彼のどこが好きだった？」

「顔が好きでした。次は、たくましい太腿」

「キスだけで終わった？」

「いいえ。最後まで」

「痛かっただろう？」

「はい。でも嬉しかったです」

「風呂に入ろう」

「支度をします」

半時間後、二人は、バスタブの湯の中で、カブースになった。

「ああ、気持ちいいです」

「クリトリスを、愛撫するね」

「ニップルの愛撫も、お願いします」

二か所の愛撫を始めた。

「とっても、幸せです」

「当分、このホテルに泊まることにするよ」

「私がいるから？」

「その通りだ」

「私を気に入ってくださったのですね」

「ホテルと年間契約を、結ぶつもりだ」

「相当な金額になりますが……」

「出版社が持ってくれる」

「お客様って、凄いのですね」

「時間がある時でいいから、娘さんに会わせてほしい」

「どうしてです？」

「君と君の家族をモデルに小説を書くには、スペースちゃんにも、会っておかないと」

「明日、仕事が休みなので、連れてきます」

「頼むよ。昼の一時から六時まで仕事をするので、午前中が、都合がいい」

「では、午前十時に」

「了解」

「ベンさんのお歳を、教えてください」

「四十歳。——君より十六歳も上だ」

「歳の差は、気にしませんから」

「ゴールしそう？」

「はい、イキそうです」

「僕も、ゴール寸前だ」

「ああ、もう……、イ、イッ、イキます！」

——顎が上がったローラは、失神した。

元カノのモリー

その日の午後、ルーベンは、マッチングアプリで偶然見つけた、元カノのモリーと、都心の喫茶店で会う約束をしていた。

会えば、三年ぶりの再会になる。

店の入り口付近に、モリーは先に到着していた。

「モリー、久しぶり。元気そうだね」

ルーベンは、笑顔を浮かべながら近づいた。

「久しぶり、ルーベン。——以前より、ずいぶん明るくなったわね」

「お前は、少し太ったように見える」

「失礼ね。三年前と同じ体重を、キープしているわよ」

「そんなに、向きになるなよ」

「女子には、言ってはならない冗談よ」

「悪かった。謝るよ」

「入りましょう」

二人掛けテーブルを挟んで座ると、ルーベンがコーヒーを注文した。

「Ｈ文学新人賞受賞、おめでとう」と、モリーが言った。

ルーベンは十代の頃から、小説家を目指して、小説を書いていた。

「三十になって、やっと光が差してきた感じだ」

「塾の講師は、続けているの？」

「まだ駆け出しの作家だから、続けている」

「本の売れ行きは？」

「まあまあ、売れている」

「今も、ワンルームマンションに、住んでいるの？」

「少々狭いが、一人だと、不便はない」

「結婚は？」

「三十だから、考えてはいる」

「男性の三十は若いわよ。私はまだ二十八だけど、おばちゃん扱いされている」

「現在、男は？」

「いない。あなたと別れてから、色々な男と付き合ったけど、全滅――」

「悲惨だな」

「結婚していると、思っていた？」

「うん」

「人生、甘くないわ」

「三十まで、まだ二年ある」

「二年は、あっという間よ」

「きれいだから、大丈夫さ」

「本当に私、きれい？」

「とてもきれいだ」

「今の私を、前と同じように愛せる？」

「分からない」

「どうして？」

「難しい質問だ」

「私を抱きたい？」

「少し」

「今、付き合っている人は？」

「いない。小説の執筆に、毎日、すべてのエネルギーを注いでいるからね」

「賞を授かったのだから、一息ついたら」

「とんでもないよ」

「大変なの？」

「これからが、大変だ」

「そうなのね」

「ほとんどの作家は、二作目が駄目で、消えていく――」

「どうなの、二作目？」

「今、構想を練っているところ」

「まだ書き始めていないのね」

「失敗は許されない。だから慎重だ」

「私の存在が邪魔？」

「いいや、その逆だよ」

「どういうこと？」

「刺激になっている」

「じゃ、私を利用していいわよ」

「利用?」

「どう利用するかは、あなたの自由」

「それは、面白いかもね」

「例えばだけど。元カレと元カノが、もう一度、やり直すとか?」

「なるほど」

「それを実際に、私たちが小説のモデルになって、試みてみるのよ。私たちが上手くいってもいかなくても、面白い小説になるような気がする」

「確かに、頭の中だけで考えて書くよりは、いいかも」

「協力するわ」

「試す価値はありそうだ」

「以前の恋愛感情が、甦ればいいのだけど……」

「自然の流れに任せるのが、一番いいと思うよ」

「そうかな?」

「そうだよ」

「これから、予定ある?」

「今日は午後の授業がないから、空いている」

「うちに来ない？」

「何をしに？」

「夕食を一緒に食べましょう」

「そういえば、すき焼きを一緒に、よく食べたな」

「思い出してきたようね」

「出よう」


——一時間後。

部屋の間取りが１ＬＤＫの、モリーの自宅に到着。

「すき焼きにしましょう」

「いいね」

半時間後に、食事を始めた。

「三年前に、私と別れたあと、頑張ったのね」

「小説のこと？」

「うん。——あなたのこと、見直したわ」

「何度も言うけど、次の作品が大事だ」

「食事が終わったら、エッチする？」

「するつもりでいる」

「私も」

「セックスが上手くいかなかったら、俺たちの再出発は難しい」

「私も、そう思っている」

「自信、ある？」

「あるわ。――濡れているの」

「早く食べて、浴室に行こう」

――一時間後。

二人は、脱衣場で裸になった。

「触ってもいい？」

「どこを？」

「性器よ」

「断ることはないよ」

モリーは、三年ぶりに、ルーベンのペニスを握った。

「柔らかいわ」

「愛撫すれば、勃起するよ」

「やってみるわ」

三分後、勃起した。

「これで、セックスができるよ」

「よかったわ」

「心配した？」

「焦ったわよ」

ルーペンは、モリーのブレストを愛撫した。

「ああ、気持ちいい」

「クリトリスも、愛撫するね」

愛撫を始めた。

「なんて素敵な快感かしら」

「元気よく、勃起している」

「かなり興奮しているもの」

「相変わらず、愛液の量が、多いな」

「体質だから」

「バックで、合体しよう」

「私の好きな体位を、覚えてくれていたのね」

モリーは、四つん這いの姿勢になった。

「アナルがきれいだ」

「早く入れて」

要望に応えて、挿入した。

「気持ちいい？」

「堪らない快感！」

「ピストン運動を始めるね」

腰を動かしはじめた。

「私、可愛い？」

「可愛いよ」

「嬉しいわ」

「幸せ？」

「幸福の滝に打たれているようよ」

「ピストン運動のスピードを上げるね」

「速く、深く」

「イキそう？」

「もうすぐ、イク」

「俺も、ゴール寸前だ」

——二人は同時に、至福の丘を駆け上がった。


営みのあと、ベッドに横たわったまま、モリーが口を開いた。

「あなたがいい作品を書けるように、サポートするわ」

「心強いよ」

「ポジティブになれそう？」

「俺たちはもう、以前の愛し合っていた二人に戻った。——新作では、結婚というゴールをめざす、前向きな二人の関係を書くよ」

「私たちの未来は、あなたの才能にかかっているわ」

——一年後、新作は大ヒットした。

流星少年ジュード

大学が夏休みのある夜、マヤが窓を開けると、小さな流星が入ってきた。

流星は、部屋の中で、金髪の裸の少年になった。

「こんばんは」

明るい性格のマヤは、気さくに声をかけた。

「こんばんは」

人間の言葉が返ってきたので驚いた。

「裸のままでは、不味いわね」

クローゼットから、ロングTシャツを取り出して着せた。

「ありがとうございます」

「名前はあるの?」

「ジュードと言います」

「私の名前は、マヤ」

「ご家族は？」

「両親と私の三人家族。父は今、出張中で家にいないけど」

「この部屋は、マヤさんのお部屋ですか？」

「そうよ。ベッドに座ろう」

二人は、隣り合わせに、ベッドに座った。

「今晩、泊めていただけます？」

「いいわよ。――何という星から来たの？」

「プランクという星から来ました」

「君が今いるこの星は、地球と言うのよ」

「とても美しい星ですね」

「嬉しいわ」

「地球を愛しているのですね」

「もちろんよ。――ジュードもプランク星を愛しているでしょう？」

「はい。とても素晴らしい星です」

「家族は何人？」

「両親と僕の、三人家族です」

「地球には、旅行で?」

「十八歳になると、年に一度、宇宙旅行が許されています」

「いいわね。羨ましい」

「十八になったばかりなので、今回が初めての宇宙旅行です」

「私は、二十歳だから、二歳お姉さんになるのね」

「何か食べ物は、ありますか?」

「お腹が空いているの?」

「はい」

「カップ麺ならあるけど、食べられる?」

「地球人の食べ物なら、なんでも大丈夫です」

「ちょっと待っていてね」

マヤは、一階のキッチンに向かった。

母親のスペースが、夕食で使った食器の後片付けをしていた。

「ママ、カップ麺、あるかな?」

「さっき食べたところなのに、もうお腹が減ったの?」

「うん」

「あるわよ。はい、これ」

母親は、システムキッチンの引き出しから、カップ麺を一つ取り出し、電気ポットのお湯をそれに注いで、娘に手渡した。

「ありがとう」

いつもは言わない礼を言って、マヤは二階の自室にそれを運んだ。

ジュードは、ベッドに大人しく座っていた。

「はい、これ。勉強机の上に置くね」

「頂きます」

ジュードは、美味しそうに食べ始めた。

「プランク星にも、カップ麺があるの？」

「あります」

「それなら、お腹を壊す心配をしなくて済むわね」

「お願いが、一つあります」

「何でも言って」

「今晩だけじゃなく、二日間、この部屋に置いてください」

「たった二日でいいの？」

「二日間しか、この星にいられないのです」

「決まりがあるのね」

「破ることができない決まりです」

「その決まりを破ったら、どうなるの？」

「プランク星に、帰れなくなります」

「厳しい掟。——じゃ、二日間、この部屋を自由に使って」

「感謝します」

「君がいてくれた方が楽しいから、お礼は言わなくていいのよ」

「はい」

「カップ麺、美味しい？」

「とても美味しいです」

「話が変わるけど、夜は寝るの？」

「はい。十一時までには、寝るように心がけています」

「小学生みたいね」

「マヤさんは、何時頃に休みます？」

「日によって違うわ」

「僕が眠っても、気にせずに、起きていてください」

「シングルベッドが一台しかないから、一緒に寝ることになるけど、いい?」

「構いません」

「窮屈なのは、気にならないの?」

「まったく気になりません」

「私のこと、どう思う?」

「どう思うって?」

「好きとか、嫌いとか」

「好きです」

「本当に?」

「分かりません?」

「はっきりとは、分からなかった」

「マヤさんは、僕をどう思います?」

「好きよ」

「どれくらい?」

「凄く好き」

「とても嬉しいです」

「恋という言葉を、知っている？」

「もちろん。――僕はマヤさんに恋をしています」

「私も、君に恋をしているわ」

「この星の人は、恋をすると何をするのですか？」

「まず、キスをするわ」

「じゃ、プランク星人と同じですね」

「してみる？」

「今？」

「嫌？」

「いいえ。嫌ではありません」

「カップ麺を食べ終わったみたいね。――しましょう」

「了解です」

二人は、ベッドに隣り合わせに座って、唇をかさねた。

「お風呂に入ろう」

「浴室は、二階ですか？」

「そうよ。ママに知られずに、入ることができるわ」

「二人で？」

「楽しいわよ」

時刻は十時。

風呂が沸くと、マヤは一階に下りた。

母親は、リビングルームで、楽しそうにテレビを観ている。

「今からお風呂に入るわ」

「うん、分かった」

――部屋に戻り、二人で浴室に向かった。

ジュードが脱衣室で、ロングTシャツを無造作に脱いだ。

マヤも裸になった。

「地球の男子の性器と、ほぼ同じ形状ね」

「そうだと思います」

「旅立つ前に、地球人のことを調べてきたの？」

「はい。女性の体の作りは、特に念入りに調べました」

「どう？」

「ブレストは、同じですね」

「安心した？」

「はい。マヤさんの体形は、僕の好みの体形です」

「君の体形も、私の好みよ」

二人は浴室でシャワーを浴び、湯船の湯の中でカプースになった。

「とっても、気持ちいいわ」

「僕も、です」

「可愛いわ」

「クリトリスを、愛撫しますね」

数分間、愛撫を行った。

「ああ、もう……、イ、イッ、イク！」

――マヤとジュードは、十一時に眠りに落ちた。


――二日目。

別れの時が、近づいていた。

「残り時間があと、二時間になりました」

「寂しくなるわ」

「言いませんでしたが、また一年後に来ますから、楽しみにしていてください」

「今の話、本当なの？」

「本当です」

「遠距離恋愛ね」

「そうですね」

「必ず、また来てね」

「はい」

ジュードは、流星になって、プランク星に帰っていった。


——一年後の夜。

窓を開けると、ジュードがやってきた。

「また逢いに来てくれて、ありがとう」

「マヤさんを忘れた日は、ありませんでした」

——二人は抱き合って、朝まで愛し合った。

セフレ婚

ショットバーに入ると、カウンター席に、ハンサムな男が座っていた。

オレットは、隣に座って、バレンシアを注文した。

「こんばんは」と、男に話しかけた。

「こんばんは」

「オレットと言います」

「サミュエルと言います」

「待ち合わせ？」

「いいえ」

「私も、一人です。——お話をしません？」

「喜んで」

「お仕事は、何を？」

「商社で営業を」

「私は、製薬会社で受付を」

バレンシアが、届いた。

「お仕事は、順調ですか？」

オレットが、尋ねた。

「はい、お陰様で、順調です」

「それは、いいことですね」

「独身？」

「はい。十日前から、独身です」

「というと？」

「十日前に、正式に離婚しました」

「驚きました」

「想定外でした？」

「はい。――お歳は？」

「二十五歳です」

「三十歳です」

「独身？」

「はい。独身です」

「そろそろ、結婚を考えています？」

「焦ってはいませんが、いつも頭にあります」

「背が高くてハンサムだから、引く手数多でしょう？」

「いえ、いえ」

「きっと、素晴らしい女性と巡り合えますわ」

「ありがとうございます」

「でも、結婚して分かったのですが、恋の熱は、加速度的に冷めていきますね」

「よく耳にします」

「手当の仕様がありませんでした」

「結婚生活は、何年でした？」

「二年でした」

「恋の寿命と、一致しますね？」

「はい」

「ご両親は、離婚に反対なさったでしょう」

「最後まで、反対しました……」

「もう少しお話をしたいのですが、明日は早くに会議がありますので、これで失礼します」

「私と話して、お疲れになりませんでした？」

「大丈夫です」

「また、このお店に来られます？」

「仕事で大きなトラブルがなければ、明日も来る予定です」

「お宅は、この近く？」

「歩いて約十分の、賃貸マンションに住んでいます」

「私も、数日前に、この近くに、引っ越してきました」

「マンション？」

「はい、間取りが１ＬＤＫのマンションです」

「飲み友達に、なれそうですね」

「明日、またお会いしましょう」

「楽しみにしています」

　サミュエルは、二人分の代金を払って、風のように店から消えた。

――翌日の夜。

サミュエルとオレットは、バーのカウンター席で再会し、ジントニックを注文した。

「今夜、うちに来てください」

いきなりサミュエルが誘った。

「よろしいの?」

「何が、です?」

「素性の分からない、バツイチの女を、ご自宅に入れて」

「問題ありません」

「遊びのおつもり?」

「いいえ、結婚を前提にしたお付き合いを、考えています」

「ご冗談でしょう?」

「至って真面目です」

「本気にしますよ」

「嘘は、言いません」

二人は、店を出て、サミュエルの住まいに向かった。

「さっきのお話ですが」

「結婚を前提にしたお付き合いのこと？」

「そうです」

「もちろん、普通の形の結婚をしようとは、考えてはいません」

「どんな形の結婚を、お考え？」

「セフレという言葉を、ご存知ですか？」

「存じています。――でも、セフレは、夫婦ではありませんね」

「セックスを主体にした、友だち同士の結婚を、考えています」

「理解できません」

「セフレ婚です」

「初めて聞きました」

「僕が考えた、新しい結婚の形です」

「つまり、セックスだけをする者同士の友だち婚？」

「その通りです。同居せず、恋愛感情抜きで、結婚する」

「結婚を成功に導く、苦肉の策ですか？」

「きっと、うまく行きますよ」

二人の足が、同時に止まった。

「私も、このマンションに住んでいます」

「ご縁がありますね」

「何階ですか？」

「三階です」

「私も三階です」

「何号室です？」

「二号室です」

「僕は、三号室です」

「お隣同士ですね」

「こんな偶然があるのですね」

二人は、サミュエルの部屋に入った。

「ご一緒に、お風呂に」

「はい」

浴室で体を洗うと、サミュエルが言った。

「バスタブの縁に、両手をついてください」

「これでよろしい？」

「もう少し脚を広げて」

オレットは、脚を広げた。

「愛撫しますね」

右手を股間に滑り込ませた。

「ああ、気持ちいいです」

「クリトリスが、立っていますね」

「脱衣場で、サミュエルさんの裸体を見た瞬間に、立ちました」

「ペニスで、股間を刺激しましょう」

刺激を始めた。

「堪らない快感です」

「ニップルも、勃起していますよ」

「毎日触っていますから、感度が磨かれています」

「いつ、どこで、触っているのです?」

「暇さえあれば、至る所で」

「ヴァギナに、ペニスを挿入しますね」

「子宮に突き刺すように、深く入れてください」

要望通りの挿入をした。

「これで、如何です？」

「とても、気持ちいいです」

「ピストン運動を、始めます」

「最初は、ゆっくり、お願いします」

彼は、冷静に腰を動かした。

「まるで、幸福の滝に打たれているようです」

「徐々に、速度を上げていきますね」

速度を上げていった。

「物凄く、感じています」

「男冥利に尽きます」

「クリトリスを、愛撫してください」

愛撫を、始めた。

「気持ちいいでしょう？」

「はい」

「ピストン運動が、最高速度に達しました」

「堪らない快感！」

「ニップルも、愛撫します」

左手を、ブレストに伸ばした。

「とっても、気持ちいいわ」

「イキそうです？」

「まもなく、イキます」

「いつ頃の結婚を、お考えになっています？」

「半年後で、如何でしょう」

「異議なしです」

「決まりましたね」

こう言ってオレットは、サミュエルの唇に自分の唇を近づけた。

だが次の瞬間、――彼女の唇に立てられた彼の人差し指が、その接近を封じた。

「どうしました？」

「僕たちはセフレですから、――キスは死ぬまでご法度です」

「ああ、もう……、イ、イッ、イキます！」

――オレットは、微笑みながら、至福の丘を駆け上がった。

子門英明（しもん・ひであき）
小説家。
福岡県出身、大阪府在住。

著書（つむぎ書房）
天使のメモリー
プールサイドの女
上司Kの恋人
ネイキッドゲーム
愛猫ノラ
午前0時の女
眠れる分身
幻の夜
モデルMとの恋
バイセクシュアル
夢幻の鍵
気絶
詩を書く少女

魔性のバイオレット
2024年5月3日　　第1刷発行

著　者―――子門英明
発　行―――つむぎ書房
〒103-0023　東京都中央区日本橋本町2-3-15
https://tsumugi-shobo.com/
電話／03-6281-9874
発　売―――星雲社（共同出版社・流通責任出版社）
〒112-0005　東京都文京区水道1-3-30
電話／03-3868-3275

ISBN 978-4-434-33799-4